KB240198

김계덕시전집

金桂德詩全集

2006

동서문화사

편집 : 고　산
사진 : 이계환

편집 : 고　산
사진 : 이계환

책머리에

　나의 흔적들을 지워 버리고 싶지만 그것은 내 뿌리의 가지들인 만큼 그것 그대로의 소중함을 알았을 때 나와 나를 흔들어대는 또 하나의 나와의 갈등이 있다. 자의식을 추적하는 자기 발견의 시도이다. 허무적 존재로부터의 해방이다.
　과거도 현재도 미래도, 또한 휴식도 목적도 없이 무한으로 날으는 시간은 모든 것을 초월한다. 갑자기 내 나이가 얼마인가를 따진다. 시간은 틀림없이 가고 그간에 남긴 것은 무엇이고 해야 할 일은 어떤 것인가.

　만 30년의 결산이다. 그간 펴낸 여섯 권의 시집(1. 창세에 울린 소리 2. 시지포스와 새 4. 맨살로 일어서는 바다 5. 황무지의 꽃 6. 살아 있는 날의 풍경) 가운데서와, 2000년 제6 시집 〈살아 있는 날의 풍경〉 이후의 신작들까지 합친 303편과, 제3시집인 장편서사시 〈불의 한강〉 제 1, 2부를 여기에 실었다.
　이 시집을 펴내면서 더러 시제를 다른 이름으로, 또한 내용도 일부 고쳤으며, 15편으로 나눈 편의 이름은 이미 펴낸 시집제목을 끌어 썼지만, 그 제목으로 낸 시집내용이 이 시집의 그 편에 그대로 실린 것이 아닌 편의상 재편성했으며, 다만 〈불의 한강〉만은 그대로임을 밝혀 둔다.

2006. 4

김 계 덕

김계덕시전집 **차 례**

4. 라일락 꽃내음의 운명

5. 국화와 난

6. 잃어버린 시간

13. 노트르담 사원

14. 잊어버리기 연습

15. 장편서사시 불의 한강

1. 창세에 울린 소리

1. 창세에 울린 소리

창세에 울린 소리

눈이 움푹 패인 젖먹이는
두어 번 헛구역질하다
흰자위를 퍼뜩 보인 채
잠들어 버렸다

에미는 멍청히
맨등어리를 드러내고 엎드려
구걸의 자세를 흐트리지 않는다

내민 두 손 안에 쥐어진
우그러진 양재기 하나
어쩌다 한 닢 떨어지면
찡그렁하는
창세에 울린 그 소리
머리 둘레에 하늘을 찌르며 선
칼날의 빌딩 숲, 바벨탑들

유리창과 유리창에 반사하는
새빨간 햇빛이 초점을 모아
그녀의 구걸을 태운다

프로메테우스의 숙명

포신(砲身)에서 뿜는
시뻘건 피 문명이
시공을 엄습해 온다

하늘도
땅도
기름진데
핏빛은 온통 시야를 짙게 물들인다

하나의 지식(知識)이
맨저고리 속 흐르는
피로 피로
내분비 요수(尿水)마저
피불을 끈다

예리한 창칼이
백병전을 벌이는
검붉은 이 숱한 머리털
부러진 팔꿈치
너들너들 헤진
무릎살의 비장한 탱크 떼

아으, 원시의 저항은
피 문명의 본진을 녹이려 하는 것이다
폭파해 박살내고 싶은 것이다

씹어 흔들어 팽개칠 작정인 것이다

그러나 아아,
이 매몰되는 처참한 지식은
맥이 떨어진다

핏빛에 싸인 채
허공에 나부끼는
어머니상(像)
단칸방 모서리의 분(粉)내 이는
순(順)이의 눈매
그 너머 붕괴하는
하늘과 땅이 합벽(闔闢)해 간다

평온을 느낀다

시간이 나를 박해할 때마다
사색(思索)과 동작이 요구하는 침묵
대화의 붕괴력

바람의 소리인지
문을 열었지만
아무도 기다리지 않는 나를
부재중(不在中)으로 만들고

나의 확인을 위해 찾아 나설
바깥은 어둠의 행렬
스스로 오라를 풀고
지금껏 체험해 보지 못한
미지의 시간 속을 헤매며

나를 끊임없이 헷갈리게 하는
불순물을 밖으로 밀어내면
자아는 쫓겨나고
하나의 의식에 다가선다
파격적인 회의(懷疑),
비로소 나는 평온을 느낀다

나를 일으켜 세운다

어둠으로 지워진
사물의 의미는
한낮의 무지개빛으로 되살아나며

무의미한 감정의 자극들이
손을 뻗치면
어디에든 널부러져
살에 박혀
가슴 죄이는 회한

소외(疏外)와 자기 파괴의 충동
삶의 성찰에서 오는
새까만 허무감

번뇌의 직관이
잠들어 있는 의식을
흔들어 깨울 때
심연의 한복판에서
나를 일으켜 세운다

사물의 외관에서

거기에서 떠내가면서도
그것에 넘지 못하는
이름도 내용도 없는 그것
아무 것도 아니면서
모든 것이기도 한 그것
그 사이에 서서
하나를 택한다면
나의 구원에서 추락할 뿐이다

두 개의 갈등

밤을 하얗게 벗기고
부재성(不在性)을 내비치는
거울 속의 나를 본다

사고(思考)의 그늘 지우면서
기묘한 꼴들로 일그러진
선의 부풀은 윤곽

빛과 그림자는
내 눈길의 향방 흐트리고
주름에 진하게 밴 번뇌의 경련
티끌과 재로 변한 추상뿐이다

또하나의 거울에선 불꽃 커지면서
살의 향내 맡고 일어서는 성욕,
서정(抒情)을 분비하는
주체할 수 없는 눈물
부드러운 선들로 출렁인다

불면의 충혈된 눈은
내면의 갈등에서 승자 패자도 없는
소모전에서 벗어나
흔들리는 빛을 하나로 모은다
비로소 하나 된 확실한 내가 있다

해결할 수 없는 것 앞에서

하나 둘
시어(詩語)가 모두 사라진 다음날
내 머리 속에 살아 남은
하나의 어휘는
외로움이었으니

한계 없는 자유는
정신의 테러
소크라테스의 거부를
여기에서 찾을까

권태의 독기를
풀어 없애는 데는
휴식인가 섹스인가
약이 독해야 환부 다스림을
비로소 알았을 때
해결할 수 없는 것 앞에서
수면 위로 올라
마침내 숨을 돌린다

관계있는 것들을 위하여

아름다운 것의 감상
그의 비판 또는 그것으로써
삶을 버텨 나가는 것과
관계없는 것들이
주위에 빨래 줄에 대신 널렸다

깃, 털이 색색이 아름다운 너마저
새장 안에 가두는
나의 독선을 버려
자유로이 날려 보내면
아끼던 그것마저
내 곁을 영원히 떠나
잠시 느슨했던 밧줄이 더욱 나를
숨 막히게 조이겠지

아름다운 것은 새의 깃털뿐이랴만
저 태평양 바닷물도
파랗게 출렁인다는 지론에 잘못이 없다면
나는 다시금 달빛에 비치는
관계있는 것들까지 눈 여겨 찾아
잠 못 이루는 이 시간 답답한 가슴에
위안의 몇 자 끼적거릴 것이다

존재와 소유

들풀들이 꽃 피운
색깔들이
어쩌면 저렇듯 앙증맞게
한결같이 저를 표현하고 있을까

국화 닮은 노란 풀꽃
장미 빼닮은 빨간 풀꽃
능소화의 황정색 그대로 뽑아낸
고런 색들의 풀꽃들이

산길 납작이 기는 바람에
고불고불거리는 모양은
간드러진 몸짓이다

밟히면 쓰러지고 다시 일어나
무너져 내린 가슴 달래며
깡밤을 새운 날이 얼마더냐

잡아 비틀기도 목을 따내기도
애처로운 고것들이
집 마당 한 켠에 소복히 피었어도
여기의 저것들과 같은 값으로 보아질까

손톱 반의 반만한 풀꽃
두어 송이 꺾어

가슴에 꼭 안고 내려올 때의 소유와
지고 나고 피우고 시드는
존재의 보편 필연적 관계가 뒤섞여
눈 앞서 혼란 일으키는데
갑자기 몸 어디선지
심한 통증을 일으키는 것이 있다

위선의 시학

불꽃이 타오르며
존재의 핵을 태워 감기는 슬픔
기쁨은 슬픔으로 늘 소멸되는 기쁨
행위가 끝나면
디오니소스적인 발작 후에
으레 내비치는 슬픔의 허망

탐닉에 모두 날린
일어섰던 감정의 퇴락한 몰골
그 후에 수직 강하하며
폐차장으로 달리는
기쁨의 이단(異端)들

쾌락과 죽음
서로 부정하는
두 개념 사이에서
흔적을 남기는 증오

순간이 순간을 이으면서
흐름만을 음미하며
공허 속의 자아를 살해하는
위선의 시학(詩學)

불 꽃

신들린 알몸의 춤
빛과 그림자 말고는
아무 것도 존재 않는 초월
그 충동으로 생성하고 소멸하는 너는
순수의 몸짓으로
말도 못 건넨 첫사랑의 아픔을
두 번째 사랑을 위해 무슨 말을 찾느라
그토록 떨며 어지러우냐

죽음이 회오리치는 바람의 거부
잦으러듦을 끌어올리는
경련의 몸부림에서
공백보다 내면에 흐르지 않는
강물의 정체를 더 답답해 하는구나

깨어 있는 이 순간만이라도
뜨거운 가슴으로 무(無)로의 잠수
끝내 슬픔을 안아 주지 못하는
꽃잎들이 그토록 서럽더냐

나비처럼 날지 못하고
날개 오므라드는 실존의 체험에서
비상(飛翔)을 목졸리는
불꽃, 너의 박명(薄命)이여

나비의 구도

빛과 어둠 사이서
춤추는
한 마리 나비의 가녀린 촉수가
윤곽과 영상을 더듬는다

창 밖에 서 있는
두 그루, 아니
세 그루 네 그루쯤 되는
비 맞는 꽃들의 흐느낌
잘린 바람 퍼지는
쌀쌀스런 입맞춤 소리

탈각(脫殼) 후 첫 인식의 눈 뜬
애벌레의 참담한 몰골,
새 살 파고드는 낙인 같은 아픔과
심장 두군두군 의식의 균열

비상(飛翔)이 소망이고자
그 캄캄한 어둠 속 혼돈 가르고
날개 터뜨려 변신한
나비의 구도(求道),
누구 위해 못 박고 죽을 수도 없는
빈사(瀕死)의 벽 위에
절망한 눈이 창문을 닫는다

한 마리의 나비가 날으려는데도
눈 감고 귀 막고
차마 순결하게 날으려는데도
오한을 잠재우지 못하는
하늘은
크낙한 바위로
침묵을 위해 꽁꽁 얼어 있는가

니체의 위대한 정오

빛 좇아 뻗으려는 뿌리마저
알몸으로 끌려나온
풀도 없는 골짜기에
굽이도는
검붉은 폐경(閉經)의 강
날개는 꺾여 자유 앗긴
새들의 눈알은
허옇게 시들어 가고

디오니소스적인 오류, 위조된 개념
문화가 그의 수단으로 파괴하는
황무지의 날조된 세계,
부활의 불꽃 꺼뜨리고
파랗게 질려 동녘에 뜬
태양의 기미낀 얼굴

오욕, 추악의 비듬 털어 내며
마비되어 가는 초췌한 몰골,
선악(善惡)의 피안에 서 있는
우리의 웃음들이
위대한 정오의 거리에
너덜너덜 퍼진다

돌아갈 길도 없는데

이리 갈까
저리 갈까
여기저기 뚫린 길이어도
정작 들어설 길은
한 길도 없다

애초에는
그 길이 그 길이었는데
어느날 그 길은
뿌리에서부터 내려앉아
가야 할 길은 막히고
이 길이면 거기일까
저 길이면 그 길일까

무서리 내리는
황량한 벌판
샛길도
질러 갈 수 있는
지름길도
모두 부서져 내려
이러지도 저러지도
빈 길 위에
꽁꽁 얼어붙는다

술 한 잔

몇 개의 유성(流星)이 번개처럼
술잔에 빠지면서
팽이처럼 돌자
벙긋 열린 그의 입술이
나의 입술을 물어뜯어
붉게 터지더니
술빛은 피빛으로
깜빡새 다시
수증기로 피어올라
허공에 흩어지는 유성 꼬리에 감긴
나의 영혼이
마지막 잔을 비운다

자정의 목욕탕

지금은 역사의 자정(子正)인가
갇혀 버린 통행 금지 속의
끝없는 안개밭

방황하는 시력은
현대사(現代史)의 안개 속에
0.15 이하의 청맹과니가 된다

온몸에 매달린 불투명의 물집들은
위선으로 둔갑한
독기어린 흡혈귀 떼
그것이 내 가슴을 겨냥해 온다
내면에서 뚝하고 일어오는
절벽 같은 답답한 불협 화음

외침을 막으려
바다 밑 능침(陵寢)에 잠든 대왕
그 한의 고동이
불협 화음 너머로 퍼져 간다

바스러지는 시간이
빨래줄처럼 걸리며 디룽거리다
하나하나 사라져 가는
물집들

황소와 살무사

갈라진 발굽 새로
뱃비늘 세운 살무사 한 마리
대가리 간들거리며 기어오른다

네 굽으로 대지(大地) 누른 황소는
묵묵히 반추를 계속한다

정강이 거쳐
밀생한 황갈색 털 위
잔잔한 능선을
스르르 타고 넘을 때
그는 섬뜩한 기운을
눈 속에 담는다

담회색 비늘 세워 밧줄처럼
두 뿔 칭칭 감고
독니빨 새 찢어진 두 가닥 붉은 혀끝으로
그의 미간(眉間)을 간지른다

우우――
황소는 하늘 꼬아 마침내
우람한 함성 지른다

경련하듯 벌름이는 콧구멍 속
노기의 서릿바람

함묵(含默)한 입에서 흘러내려
대지를 적시는 끓는 침거품
두 뿔은
하늘 가르며
허공에 떠 솟는다

일순
뿔에 감겨
낙낙한 살무사 등뼈는
마디마디 토막져
허연 배때기 드러낸 채
바위벽에 검붉은 피 뿌린다

두 뿔에 이는
피구름 피구름 속에서
피식이 웃는
황소의 저 눈과 입

넝마주이

——까마귀는 언제나 까매야 한다
까마귀는 썩은 고기를 좋아해야 한다

우주를 헤매는 별똥은
깡생으로 암흑 속을 살아간다
망태는 까맣게 찌들고
걸친 옷은 누더기
얼굴 손도 까맣고
언어도 찌들은
까만 은어(隱語)

고목 가지 높이 비껴
끄악끄악 울고 있는
저놈의 까마귀가
빛을 삼켜 버린 검은 원흉일까

빛나는 태양도 까맣고
하늘 산도
꽃도 인정도 까맣다

망태 속에 찍어 넣는
썩은 고깃덩이도 까맣고

한 잔 술에 까맣게 취해
청승맞게 뽑아대는 노래 가락도
까맣다 까맣다

달팽이

나선형 흑갈색 성곽(城郭) 속에
유형당한
응결의 젊음
성곽 밖 동정을 살피는
두 가닥 촉각이 피로하다

자학(自虐)이 희열을 뱉아 내는
감각 점액의 환각 작용
시력은 0.00인데
자아(自我)와 밝음
어둠을 판별하는
희한한 동공(瞳孔)

터질 듯한 가슴 속
파도처럼 밀리는 패기는
성곽을 떠밀고
습지에 서식하는
문명의 세균 몰아 삼키고
햇빛 가득한 벌판에
살을 드러낼 휴화산이
침묵에 갇혀 있다

어항 속의 금붕어는

화끈 단 입술이 시원(始原)을 핥고
알몸을 꼬는 비음(鼻音)을
사탄이 받아 삼킬 때
동산의 사과나무 꽃잎이 떨어져 갔다

뱉아 내는 여인의 담배 연기 속
헤벌린 다리 사이 컬러에
식상(食傷)한 빨간 전구 하나

루주 발린 필터가
재떨이에 나뒹그러 타며
마릴린 몬로의 젖은 입술
저 육체의 불길

그 밑 어항 속의 금붕어는
썩어 가고 있다
도시 한밤 복판에서

나이팅게일의 피맺힌 노래 소리
수녀원 가까이서 들려온다

그날 이후

하늘이 까맣게 찌들면서
피뢰침 안테나
첨탑의 십자가는 꺾이고

새소리 냇소리
한 움큼 빛마저
꺼진 땅 침묵의 절벽에 묻히더니

신의 과제물 실린
마지막 한 척의 난파선이
바다 끝에서
곤두박질치며 침몰하고 있다
바람 한 점도 없는데

2. 출소록도기

2. 출소록도기

출소록도기 (出小鹿島記)

몸에 패용하는 부패물
짓물러 터진 벌건 살점에
남은 가락 싼 얼룩진 붕대
훈장을 불쑥 내밀면
한 닢이 쥐어진다

입 속 거득히 새로운
치풍(治風)의 술 향내

돌이 날아들어
뭉개 흩어진 살갗
다시 뻐개고
침 흩날려
하열(下劣)의 안개 속 시야를 막아도
흐물거리는 몸뚱이는
그래도 이 거리가 좋다

천형병(天刑病) 집단의 말 없는 하루가
시궁창 썩는 내음보다 짙고
단절된 내일이
영락(零落)에 스러져 가는
그림자 없는 땅, 보성만구
소록도 풍정

태양이 빛을 잃고

인정이 인정이 아닌
그곳이 정말 싫다

구겨박지른 몸뚱이에
학대가 매질쳐
눈 속에 핏발이 서도
여기는 사람이 있어 좋다

사람이 좋아
이 거리가 그리워
여기서 여기서
마지막 사람의 피를 토ㅎ고 죽으리

콩나물

그 많은 콩 가운데 어떤 놈은
싹 틔워 나오면서 죽고
어느 놈은 대가리만 만들다 그만
또 여느 것은 제법 다 큰 다음에

끝내 온전히 자라면
누구의 손에 덥석 뽑히는데
보기에 따라 겉으론 그럴 사하게
정렬 가다듬은
시루 속의 무리로 치장되지만

썩고 문들어져 대열에 끼지 못하고
운명 다하면 어떻고
꼿꼿이 지조로 남아 고운 얼굴 쳐들어도
결국은 모두 일회성이어서
뽑는 자나 뽑히는 자나
가치 품격 차이 별로 다름없음은
가혹한 대비일까

다투어 탐스럽게 자란 시루 속의 그들을
이런 화두(話頭)로 한 번 건드려 보는
정곡을 피한 비열한 비유를
'강물은 늘 잔잔히만 흐른다'로 들을까

뒷북치기

‘스트라이크 쓰리’라고
심판이 손 들면
너는
‘아웃’ 하며 뒷북치는
아첨을 떨면서도
그 자리
그 모양
그 꼴이다

싫 증

신문이나
TV 뉴스는
따분하고
신물나고
짜증나고
우울하다

한강을 포장한
차도의 준공식 실황이나 또는
수탉에서 암탉을 빼면
병아리가 없다는
그런 거야말로
신문
TV 뉴스
첫머리에
대문짝만하게 내보내자

속 물

꽤나
아는 채
있는 채
의시대며
깔보고 얕보는
그는
속물이다

세상을 싹 바꾸겠다는
그에게
벽돌 한 장 못 쌓을 거라며
빈정대는 미장공

둘
모두
속물이다

조그만 빛으로

어느 누구는
한 묶음의 장미 안은
빛으로
어느 누구는
얼어붙은 비탈길서 안은
바람으로

어떤 곳에도
어두운 구름으로
어떤 곳에도
따스한 볕으로

작은 자리지만
조그만 빛으로
물망초 가슴에 떠 있다

크기 위해

하찮은 부스러기부터 챙기며
그렇게 시작한
이름은
이십 년쯤 후
일상어의 하나로
사람들 입에 주렁주렁 매달릴
그 이름 닦고 빛내
그 속에 밀어 넣을
연습부터 먼저 시작하자

자 리

그도 처음에는
너의 그 자리에 앉아
시작했다

너도 그 자리서부터
몸 틀어
크면
네 자리 이을
너 이후의
누군가 몰려온다

네가 그 자리 떠
다음 자리에
턱걸이로 올라
버겁게 버티고 앉았을 때는
이 세상 천지에는
너 혼자뿐이다

분산된 실존

바라지 않았는데 태어나
원치 않는데 죽게 되고
사랑하는 그보다 혹은
그가 나보다 먼저 죽는다는
사실의 인식에 무력해지는 이 밤

술집 사우나도 늦도록 열린 가게마저
오늘 따라 까맣게 꺼져
그리움은 외로움으로
그것은 다시 절박한 죽음으로
갈증 달래 줄 물 한 모금 없는
사막의 한복판

누울 자리란 어둠들 떼지어 내려앉은
비좁은 공간뿐
시체의 빛깔로 희미히 바래 가는
창백한 추억은
깨어나지 못하는
밤을 붙들고 놓지 못하는데

소외되고 분산된 실존이
이 캄캄한 벼랑 밑으로
과거를 그냥 한꺼번에 전락하도록
내버려 두고 있다

한 계

그와 같이 있으면
나를 덮어 씌우는
커다란 그늘이
진을 친다

눈앞에 잡힐 듯
손잡이는 거기에 있는데도
손 뻗치면
아물아물 멀어져 가는
탈출구

불평을 퍼부면서도
아쉬움 없이 그물 속에 갇혀
요것저것 가지 치고 다듬는
나는 행복하다

어시장

파도 출렁이는
어시장 어물이 소쿠리에 쌓여
팔월의 뙤약볕에 쩌내는
주문진 어청도 삼천포 비린내

번득이는 눈알들 맞부딪쳐
깨지는 소리
관자놀이 핏줄 세우고 외치는
시큼한 소리

판탈롱 바지 걷어 올린
속살
겨드랑
며루치 내음의 짙은 체중이
저울 눈금에
제 무게를 단다

우유부단(優柔不斷)

이것도 잡아 훑어 보고
저것도 꺼내 흔들어 보고
요리 재고 저리 맞추며
어물어물 넘어 가면

그러다 말고
그때 가선
이것도 저것도
아무것도 없이

낚시 던져 놓고도
잡힐까 잡을까
이럴까 저럴까
이 궁리 저 궁리
그날 저녁 밥상에는
고기 반찬 없는
맨밥이다

풀 잎

나의 피를 빨아서라도
너의 찌그러진 숨결에 흘려 넣거라, 모자라면
얼굴의 피투성이 분노마저 떠내어
천 올 만 올 얽혀 맺힌
너의 분함을 풀 거라

한 점도 못 되는
쥐어 짠
이 선혈이
네 가슴서 불 지펴져
응어리 깡그리 녹여내

잠들지 못하는
동강난 강산에 뿌려
찢겨 나간
이 조그만 가슴도
일으켜 세우거라

땅 끝의 행진

언제 뿌린 소나기인가
땅은 갈라 터지고
벌레마저 떠난
망각의 깊은 수렁 속을 기어 나온
부스럼 더덕이에
머릿살 죄 빠진 그들이

원근감이 없는
꺼멓게 타 버린 풀섶에
좌절하는 햇빛의 방황을 보며
죽음의 석회를 싸바른
제 부피를 껴안는다

아픔마저 몽혼된
뿔은 뿔끼리
얼어붙은 무덤 속에
박제되어 차라리 침착한
선(禪)의 눈은
속죄의 미명 속에 감기는데

살아 있는 우울한 언어
그 언어의 기쁨들은
너훌너훌 별과 함께 춤추어라

반란의 숲

숲은 푸르러 아름답다
그러나 빛을 몰아낸 자리에 든
검은 그림자,
그 안의 나의 눈꺼풀은
쾌락에 들뜨고
언어마저 부서지는
공허에 싸인다

땟국 눈물도 말랐거늘
잠들지 못하는 밤 한복판에
돌개바람 휘파람 소리

차라리 모두 활활 타버리는
불꽃의 화려함이
내려앉는 가슴에 위안을 주려나
그러면 별빛과의 교감 끊어지는
아픔은 또 어쩔 건가

유혹과 배반

누구의 열띤 입김에선지
잎새 푸르름 더하고
포옹의 꽃잎 숨결
흐느끼듯 향 뿜는다

이렇듯 첫만남에서
그의 몸은
충만의 폭우에
순결을 찢기더니
저항의 등 떠밀려 추락하면서도

다시 돌아갈 수 없는
그의 밑둥에서
밤새 몸부림치며 뒹구는
꿈의 배반이
첫서리를 내리게 한다

객석의 불을 켤 차례

잿빛 구름 가르며
날을 차례이다

암울한 겨울
잠 못 이룬 이 위해
사악(邪惡)의 십자가에
불 끄고

최루탄 연막 속에
자유를 앓던 그를 일으켜
상처 쓰다듬는
손길 모을 차례이다

견장(肩章)들 올올이 박힌
휘장 끌어내려
타율은 지식으로
비극의 삼막 오장 끝내고
객석의 불 켤 차례이다

그를 떠올릴 땐

날개 휘어 비뚝거리는 새를
가슴에 보듬어
제 모습으로 돌려 풀었더니

눈 한 번 끔벅 않고
꼬리 감춘 어느 날
고까짓 정 고게 무어기에
가슴 허전하다

엉너리치며 챙길 것 모두 추수린
여느 누구처럼
사내 바꾸는 습성도
그에게 배웠는지

지금쯤 어느 둥지서
수컷 애무에 열띤
그런 그를 떠올릴 때
바람처럼 떠난
그와 무어 다른지
아물려던 상처
다시 덧나는
회한이 가슴 뜯는구나

예비된 계절

가슴의 신열 떨어지고
포연의 파도 벗는다
일어선 바람이
알알이 찢겨진
너와 나의 상처를 꿰매는
구월은 정녕
태어날 기쁨으로 충만되고
구월은 그래서 가파른 절벽 타고
흔드는 퐷대는
북녘 강을 달린다
구월은 하나의 큰 울림
밀폐된 상자 추락하면서
울컥울컥 쏟아내는
눈부신 사금파리, 그 안의 화약 냄새
우리 한 덩이의 욕망을 잉태한
예비된 역사의 계절이다

분 석

내가 네 에미다
——그걸 어떻게 압니까
저분이 네 애비니까
——그런 조건으로 믿으란 건가요

정말 나는 누구인가
복남이라 불려 나인가
부모가 이름 붙여 나인가
그럼 전에는 무어였나

처음엔 아기여서
아기란 이름 붙었겠고
다음엔 복남이로 이름 붙였겠지
그럼 나는 누구인가
아기인가 복남이인가

나와 나 안에 숨어 있는
또다른 내가 있는지
서로 모르면서 결혼하는
현실과 가상의 두 얼굴이
에미와 애비의 그리고
그 자식의 관계인가
나는 나대로 나름대로
아, 속세는 복잡하지만 아름답다

뒷골목에서

가로등에 비친 눈은
고양이 눈처럼 날카롭고
인고의 마디들
숨 가삐 움직인다

과거 뭉개 버리듯
기억의 현주소 찢어내듯
응어리진 번뇌 풀어 헤치듯
쓰레기 더미 속 헤집는
노파의 허기진 두 손의 작업

굼실굼실 기는 사이키델릭 노래는
환풍기 돌려 내미는
고기 굽는 내음과 범벅이 돼
노파 코 크기에서
하루살이 떼처럼 떠돌고 있다

휴 식

휴식은 끝났습니다

시지포스의 몸뚱이까지
끌고 가는
긴 여로

빠져 버린 발톱에서
벗겨진 물집에서
새 살이 돋았습니다

허물 벗은 이브의 배꼽
그 멍든 상처에서
사탄의 저주는 물러갔습니다

영원히 탈색해 버린
그 길을
되돌아 가 볼 길이 없습니다

공기를 말려 버린
백지의 길 위에
회한만 남긴 채

지금 휴식을 끝냈습니다

글을 쓰는 것은

글을 쓰는 것은
똑같은 배합에 싫증 느껴
나를 탈출시키는 자유다

목숨 노리는 자객의 긴장으로
언어를 통해 부술 수 없는
절대의 것을 때려 부수면

나는 벌렁 누워
출발역을 떠나는
기적 소리를 듣는다

어느 오후

꽃과 나비
기형어들의 갈증
구원을 외치는 추종자의 입,
예수의 손길도 지도의 구획 밖으로
지워져 버린
어느 오후

한 뼘 그늘도 없는 불볕에
체액의 배냇물로
벌겋게 부식되어 가는
너덜너덜한 쇳조각들

마지막 숨을 토하고
송장처럼 누워 있는 고향은
탈색해 버린
바다와 하늘

성욕이 늘어붙은
한 쌍의 두꺼운 선글라스가
모래톱 위에 두 다리를 헤벌린 채
햇빛에 그슬리고 있다

3. 목이 긴 해바라기

목이 긴 해바라기

해바라기 씨 뿌리고
훌쩍 떠나 버린
소녀는

지금
장미 향기를 흠뻑 맡아
취한 채

커튼을 젖히고
취한 그만큼
향기를 허공에 내뿜어

서산마루에 걸린
붉은 노을을
목이 긴 해바라기 꽃 속에
심고 있다

펴 보면 빈손이지만

펴 보면 빈손이지만
손 안엔 늘 너의 내음을
한 움큼 쥐고
그것이 후각을 건드릴 때
나는 언제나 일어선다

손을 씻어도 거품만 일 뿐
설사 그 내음이 때로
스컹크 내음이라도
내 손 안에 쥐어 준 너의 내음은
무덤 속의 흙으로 썩은 뒤에도 살아
영혼의 길을 따를
꿈길에도 버리지 못하는
나의 분신이다

펴 보면 빈손이지만
꼭 쥐어진 너의 내음은
솔내 꽃향내도 비기지 못할
선창가 비릿내
나만이 차지한
나를 다시 일으키는
분화구다

해 지고 밤이 들면

해 지고 밤이 들면
어둠은 침묵의 뿌리 흔들고
바람은 허기져 방황할 때
나는 질식의 숨 골라
안식의 계단을 찾는다

밤은 어둠의 녹임을 가로막는 페시미즘
떠오른 빛은 내게 와
두 손바닥에 앉는다
따스함이 일으키는 음욕

새벽마다 재충전되는
나의 일정한 방식은
유쾌한 명제와 직선
그리고 목적인데
밤은 밤마다
나를 억제시키며
네 벽으로 쌓아 가두고 있다

누군가 내 몸 속에

누군가 내 안에
슬며시 들어와 커지면서
흔들어댄다

나를 통해 지나가는
흐느적거리는 희열
누가 내 속에
날개를 펼치는가

개념은 희미하고
표현은 강해지는데
밖으로 나가고
느껴 오는 울렁거림

거부할 수 없는
급류의 투명한 흐름
내 안의 공허는
나를 넘기고
나는 나의 공백에 의해 삼켜진다

여 울

벌렁 누워
겨드랑이 냄새를 맡게 한
이브여
볕살이 뜨거워
마른 때 문질러 비비는
알몸이 이글거린다

구름처럼 모여
긴 부리 저미는
저 잔인한 이브를 보라
아담, 너는 잊었는가

메아리져 돌아온 불꽃이
타는 입술 사를 때
이빨에 묻은 핏물 훔쳐
젖가슴에 발라
심장을 주박(呪搏)하는
저 이브의 소행을 보라
아담, 너는 잊었는가

너의 내음
너의 상식
마지막 왈칵 뿌리고 간
눈물진 자리에
풀 한 포기 없는

빈 자리에
화석처럼 굳어 있는
아담,
이브, 너는 잊었는가
쥐어뜯은 심줄선 팔뚝에서 흐르는
황홀한 선혈
너를 잊을 때면
찢긴 살갗이 아물어 버리는
그런 역사의 순리를 아는가
사랑하는 이브여!

새벽은 멀고

어느 그것들은
어떤 때는 뚜렷이 또는 은근히
가랑잎 소리 내며
나를 피해
내 소유에서 도망치려 한다

시간은 꼼짝 않고
다시 올 것 같지 않은
새벽은 먼데
지금 기다리는 것은
가기를 거부하는
시간의 망각이다

쌓아 놓은 편지 나부랭이를
뜯지 않은 채 불 속에 던진다
새까만 재로 변한
정사의 편린들이
비웃듯 너풀 허공을 날은다

변 신

날아가는 걸 보면서도
보내는 마음으로 돌아섰고
내 건너 숲 뚫고
어디에 정착하는지 알면서도
도리머리하며
피울음 토하곤 했다

은밀히 감춘 비상의 나래
겨드랑이에 비치더니
이윽고 나비로 변신하여
이슬망울 힐끗 보이며 훌훌 떠난
때 묻은 시간

빼앗긴 것 같으면서도
곱게 보낸 마음으로
고히 배웅까지 하고서도
비수로 품 속 헤집어
훔쳐간 것 같기도 하여

그때나 이제나
변신해 떠난 나비의 숨결이
붉은 장미 언저리에 떠나지 않고
은은히 배어 젖는다

그는 갔지만

해맑은 가슴에
불 지피고
영혼의 머리에
무쇠 멍에 씌워

숱한 시간을
허옇게 드세게 하며
뒤만을 돌아보게 하며
함묵한 우수의 빗속을
우산도 없이
그는 갔지만

어느 꿈길에는
그와 그리도 많은 정성 들여
흙을 파내며
물을 퍼내며
깊은 우물 뚫었는데

화관(火冠)을 버린 채
겹겹이 깔린
어둠의 지각으로
살과 땀을 교감하며
수인(囚人)처럼 꽁꽁 묶여 갔다

변소의 시

이곳은
박제(剝製)된 해골의 좌선(坐禪)도
낙조(落照)에 눈 흘긴 긴 하품도
상제(喪制)의 혼 나간 졸음도
칼질한 유산(流產)의 자국도
역겨움도
노여움도
없다

오직 이곳은
신발창에 닳아 사라져 간
먼 기억의 상흔(傷痕)들이
나신(裸身)을 찔러 온다

꼭 하나 있다면
죽어 없어졌으면 싶지만
그래도 살아 주어야 좋겠다는
풀지 못하는
두 가닥 매듭

이곳은
생리(生理)가 사실(史實)을 배설하는
가시 가치(可視價値) 없는 곳이다

감동의 추락이 있다

형이상학의 고통을 벗겨 가는
여자는
남자보다 행복하다
보지 못하는 자의
빛을 빼앗음이요
듣지 못하는 자의
소리를 빼앗음이니
그의 앞에서는
모든 사념(思念)은 멈추고
비합리성을 체험한다
황량한 이 공간에
유효한 관계는 오직
여자뿐
미칠 수 있는 정열 들끓으며
마지막 현실과의 극적인 접촉은
감동의 추락이 있다

이브의 초상

이해를 애써 구하려도
거기서 거기
나의 상상을 넘지 못하는
밑줄 친 위치에 서서
귀여워 신비스러워지는
그런 사람
근육을 느즈러뜨려
무게를 덜어 주는
접촉은 무의식이며
비물질성의 단순한 반추뿐이다

그의 향기

꽃향기도 흔해빠진 값싼 향수의 역겨움도 아니다
양귀비의 환상적인 몸내도
건륭제의 향비 몸에서 피어오르는 향내도 아니다

그러나 분명한 향내지만
어디서건 함부로 맡을 수 없는 고귀한 그러면서
누구에게도 선뜻 대여할 수 없는
오직 나만이 움켜쥐어야 하는 향내다

언제인가 그때 벌써 내 몸에 들어
지금껏 나와 같이 섞으며 흐르며
삶의 지표로 위안의 용기로

때로는 바람 스쳐 잎새 뒹굴면
섬뜩 목줄에 피멍으로 걸려
떠오르는 그 얼굴

향내의 임자가
가슴 한 쪽을 떠낸 그 이름의
몸내임을 알았을 때
그가 나에게 하나밖에 존재할 수 없는
이유를 알았다

악 연

너를 품에 껴안고선
우주 한복판에 서 있었노라
하늘 우러러
터져라 외쳤거늘

빗속을 가르며
내 곁을 떠난
너의 싸늘한 눈빛을 보고는
나는 들것에 실려 왔다

세 살 때 글 깨우친
나를
카라얀처럼 도스토예프스키처럼
인정한 너는

나의 그런
솜씨와 능력을 호리어
한데 묶어 싸들고
돌개바람 타고 떠나면서
살아 있는 날의 나의 마지막 운명을
지켜보고 있었다

빼앗긴 밤의 시간을 위하여

이때쯤에는 어김없이 그는
내 곁으로 온다
터벅터벅 걸어서도
허겁지겁 달려오기도 한다

비집고 들어선 그는
예외 없이 늘 그러하듯
인사 치레도 거름 없이
자연스레 자리 잡고 길게 눕는다
그리고는 혼란한 몸짓으로
나를 흔들어댄다

달빛도 없는 캄캄한 절벽 타고
성난 파도처럼 허기진 바람처럼
이윽고 꽃물 게우면
비웃듯 그는 떠날 채비로 시간을 잰다

노을이 붉게 타들 때 덤벼들듯 와서
부옇게 하늘 열릴 즈음 훌쩍 떠나고 나면
침실 창문 밖은
뜬 해가 거꾸로 추락하여
빼앗긴 밤 시간을 위해 그제서야
나는 깊은 잠 속으로 든다

침 실

어둠은 알맞게 트고
빛을 가려 덮은
여기는
무겁고 어려운 일상의 앙금을
맞붙어 얽어
빨아들이고 메꾸어
서로 보상해 주며
금제(禁制)를 털어
허무는 충만으로
고요히 열반에 드는
곳

그나마 나는

당신이 풀어 놓은
그물에 옥죄어
자유를 앗기고도
꽂힌 칼날마저 등에서 빼어 내면
버팀목도 없이
그나마 나는
허수아비처럼 푸석 주저앉아
기나 긴 엄동설한 삭풍 쓸어안고
맨살로 얼마나 견뎌낼까

습 성

그는 혀끝에 사탕을 굴리며
근질거릴 때마다 시위 당겨
가라 오라 명령 내리고
죽는 시늉도 내보라며
혼을 뺀 다음

단맛이 가시면 제 자리에 돌아와
일상의 체온에서
자기 구원의 기도를 올린다

분열의 바람 일 때마다
그는 아달린을 핥으며
마틴 루터의 말대로
한 가지 거짓말을 위해
일곱 번의 거짓말을 서슴없이 짜내는
숙련공이 된다

스스로를 감금할 고치실을
제 입술에서 뽑아
근질거릴 때마다
하늘을 가리는 것쯤은
하느님을 속이는 것이 아니라며
조금씩 포박을 한다

적과의 포옹

그렇듯 반짝인 너의 눈은
교활, 뻔뻔스런
위선의 빛살이다

기이함 역겨움 두려움이
한꺼번에 벼락치듯 드러난
속임수, 너의 전부다

나를 조여 오며 꿈틀대던
그 몸짓
혀에 음각된 너의 말은
유폐(幽閉)의 체험도 없이
날개 뻗쳐 날으려는
나비의 망상이다

사랑과 속임수
이 두 단어에 박힌 상관 관계는
적과의 포옹
버리는 자, 버림받는 자는
초월적인 하나로 묶여
서로 서로 영원히 접합되어 있다

여 자

하얀 너울 쓰고픈
꽃분 바른 키큰애기
허연 허벅지살 드러내고
웃네
손짓하며
웃네

두 눈 지그시 감고
화밀(花蜜)의 늪 속에 잠긴
수벌이
쾨쾨한 곰팡내에
부르르 환절(環節)을 떠네

독침 앗긴 물레가락의 몸
오무작 오무작
끊긴 촉수의 아픔 새기며
물을 게우네
꽃밭에 게우네

날은 저물어 가네

한 번쯤은 마주치겠거니
밤낮 없는 방황의 거리

어차피 같이 볼
해와 달, 별인데

불티 그나마 끄지 말고
다독이며 쬐어 보세

날은 저물고
겨울도 가까워 오네

4. 라일락 꽃내음의 운명

라일락 꽃내음의 운명

목소리는 비릿한 바닷바람
코끝에 배어 괴로운
라일락 꽃내음

웨딩드레스의 올도 잇기 전
남기고 간 참회의 피멍울
거울 속에 선명하고

젖가슴 한 줌이 손끝에 물려
취해 오는 라일락 숨결
몽혼(曚昏)의 시럽처럼
끓어오르고 있었네

밀실을 열어젖히는
불붙는 라일락 꽃내음은
요원의 만남을 불질렀고

꽃잎 하늘거리는 하얀 밤
동트기를 거부한
기도의 자리에 드리워진
지울 수 없는 욕망의 그늘
달 한 켠이 무너지고 있네

발치에서라도 움켜쥐고 싶은 피끓음
숱한 밤을 두레질로 지세며

가슴 태우는데

피아노의 전율하는
장엄 미사곡
부음(訃音)의 소리,
그래도 살아 주어
꺼지는 마지막
라일락 운명(殞命)의 소리를
당신 귀에만은
들려주고 싶었네

비는 오는데

비는 오는데
지금 어디에 있을까

피우지 못한 옥잠화 봉오리
비에 젖어 흐느끼며
입술 떠는데

무얼하고 있을까
찢어진 풍선 쪽 맞추어
때우는 시간일까
이시스의 눈물의
비는 오는데

비는 오는데
안개 숲 홀로 선
나만 비에 젖는데

비는 오는데
지금 어디에 있을까

* 이시스(Isis) : 고대 이집트의 최고여신. 천신과 지신의 딸로, 오빠인 오시리스(Osiris)의 비(妃). 부덕의 모범으로 최고신과 라(Ra)의 자백을 듣고 사령(邪靈)에 의해 죽은 남편을 부활시켰음.

없으면서 있는 것이

빛깔, 내음
보이지도 잡히지도
분명히 없으면서
있는 것의 가시에 찔려
피 흘리며
첫 입술 지울 수 없는
조임을 참고
예 왔구나

주고 싶은데 받지를 않고
열어 보여도 건성 지나치는
부서진 조각들을
소중히 모아 가는
그의 헝클어진
꽃그늘

잠들지 못해
갈까마귀 울부짖는 저 소리
오늘도 이렇듯
예까지 살았구나

미로의 숲

그 숲에서의 너와 나는
첫 키스에서부터
한 올의 매듭짓기를 표적으로
앞가슴 풀어
뜨거운 숨결 불었는데

갯벌에 발목 잡히고
갈대 손에 긁히면서
노을에 물들은
너의 알몸은
미로(迷路)의 숲,
몽환(夢幻)의 길로 숨어들었다

절벽에 새겨진
역순의 붉은 흔적은
영원히 유효한
우리의 끈적한 송진내
너를 숨긴
미로의 숲은
바람도 잠자는 고요뿐이다

사랑의 변주곡

썽둥썽둥 잘라내는
빼찌의 잔혹성
그 날에
전기줄 꺼풀은 묻어나고
다른 전기줄을 끊을 때
먼저 묻은 배신은 떨어지며
새로 발리는 눈먼 꺼풀

코드 꽂힌
배꼽의 물기에 전류 흐르고
요사한 불꽃으로 평형에서 비상하는
코드 쥔 위력의 소유자,
사랑의 변주곡

핏발선 눈에는
쾌락이
일그러진 입술에 뜨는
비열한 웃음
어느 날 노을빛 너머로 함몰한다

거푸 부서지고 있다

손톱에 할퀸
상처의 검붉은 피보다
네가 뱉은 헝클어진 말이
하루하루
나를 조금씩 부서내고 있다
너는 네가 아닌
또하나의 네가
나를 더듬는
그 체온을 느낄 때마다
나는 네가 지금 벌이는
잔치의 끝마당에서
객혈의 여흥을 느끼며
거푸 부서지고 있다

돌려드립니다

지난 세월을 돌려드릴까요
차압당했다는 그 시간을
아픔도
슬픔도
기쁨도
한데 뭉뚱그려
빈 자리에 되돌려 놓을까요

남는 것은
뜨거운 가슴을 떠내간
뚫린 구멍으로
찬 바람만 드나들겠지만

내가 움켜쥐었다는
잃어버린 당신 나이만은
어쩔 수 없이
돌려드릴 수 없는,
죄스런 마음만이라도 잘 포장해
돌려드릴까요

사람의 아픔을

새까맣게 타야지
찌꺼기 남기지 말고
흔적 없이 날려야지
그리고 우뚝 서서

네 가슴에
참회의 아픔을 문신으로 새겨
대못 치는 그런
사람의 아픔을 일깨워야지

퍼진 균이 분열 일으켜
너의 눈을 감기는
절벽의 밤
내가 네게 베풀 마지막
안주(安住)의 길을 열어 줘야지

비워 두는 자리

찾지 않음은
맺힌 한을 어이없이 꺼뜨리지 않으려는
인내의 한숨이다

만나지 않음은
네 목숨을 바닥서 겨우 이어 주는
반전(反轉)의 보상이다

잊으려 함은
피끓음을 식혀 자유로이
나를 놓아 주려는
통곡의 은총이다

처음이자 끝에 다시 이어지는
윤회(輪廻)의 사다리에서
한 단도 오르지 못하고 내려야 하는
고뇌의 소용돌이에서
차라리 이 자리를
영원히 비워 두면
황폐히 내려앉는 영혼의 화두(話頭)는
어디서부터 시작할까

어쩌란 말이냐

볼 수도 느낄 수도 없이
의식의 감각 끊어 내고
몸통마저 풀어 헤쳐
안개 속에
바람 속에
날리고는
나더러 어쩌란 말이냐

하늘 한 쪽에 걸치고
땅 한 끝에 꽂아 누르고는
비명(非命)의 영혼까지
밑도 없는 구렁으로 꾸겨 넣으며
웃을 때는 언제고

나더러 어둠을 비껴
벌떡 일어나라니
그때처럼 뚜벅뚜벅 걸으라니
산유화 철쭉도 모두 져버린 민둥산에서
지금 나더러 어쩌란 말이냐

기다림

내 자리를 지킬 차례이다
그토록 원해 훔치듯 앗아간
내 자리 도로 챙겨
평상으로 돌려 놓을 차례이다

문질러 더럽히고 할퀴어 찢겨진
헐은 자리일망정
위선의 가슴에서 되찾아
애태워 서러워
피멍 얼룩진 그 자리를
원래의 깨끗한 그 자리로

그래도 언젠가는
뜨거운 참회의 가슴에
나를 잠재운다면
선뜻 도로 내 줄
이 자리를 갈고 빛내
기다리고 있을 것이다

그 이름

영혼에 칼질한 상처에
안식의 깃발로 퍼덕이는
그 이름

휘파람 대신 또는
배설(排泄)의 한 평 공간에서
바닥 타일의 꽃무늬 그리며
입술에 붙어
버릇처럼 뇌이는
그 이름

한 올 한 올 수놓는
당신이 밟고 갈
이 붉은 카펫 끝자락에 새기는
이정표의 새 푯말

행여 올지 모를
어느 길목에서
가슴 쪼개듯 활짝 펴 보일
소망의 수틀에 짜 넣는
그 이름
끝없는 뇌임질

빈 뜰에는 잡초만이

그 집에는
네 계절 늘 꽃들이 피어
내미는 꽃손 끝에
요염이 묻어
불꽃으로 타들었다

어느날 갑자기
천둥 번개 하늘 가르며
까맣게 까맣게
장대비 서럽도록 쏟아 내리더니

물안개 피우는
여울목 건너의 그 꽃밭은
진흙더미에 웃자란 잡풀들이
기억을 지우며
생각은 멈춰 섰는데

하찮은 풀꽃도 없는
무너진 언덕에서
그를 떠올린들
그전같이 꽃향을 풀어낼까

우박처럼 떨어진다

우하하
우박처럼 떨어진다
실연의 상처 씻으려 내리는
저 빗물을 얼린 고드름이
심장과 머리 한 쪽을 떼내어
짓이겨 뿌린
저것들이
눈마저 멀도록
온통 절망의 핏물로
우하하
하늘 까맣게 떨어진다 떨어진다
히죽히죽 웃으며
춤추며 떨어진다

연 모

가슴에 손을 모은 기도의
꽃비 내리는
잎새 틈으로
그의 얼굴이 겹으로 뜬다

어쩌다 손끝에
그의 얼음 같은 살이 닿을라치면
바다 한가운데 뜬다

밤마다
억새밭을 달리는
바람 속에
달빛에 그을린
그의 뒷모습이 뜬다

이대로의 잠 속의 우울

눈만 뜨면
온통 사막이다
모래 바람에 찢겨지는
통한이
어디 어제 오늘인가

마음 하나만

빈 털털이로 오게
그것도 모자라면
걸친 옷도
벗어 주고 오게

달린 애가 있거든
눈 꾹 감고
그도 주고 오게
훌훌 알몸만 오게

미운 정 고운 정도 주고 오게
할퀸 자리에
딱지가 앉았거든
그것도 떼어 주고 오게

주름살은 어차피
주고 못 올 것이거늘
마음 하나만 챙겨
댕그머니 오게

일기초

스물 네 번의 계절은
비구름 속을 달리면서도
영혼의 한 자락 거머쥐고
그리도 놓지를 않았다

남산 숲 소나무 그늘에 누워
발 동동 굴러 하늘 찢는 소리는
별무늬 망토에 잦아들고
부운 젖꼭지의 탄력은
산새 울음에 파르르 떨었다

첫날은 팔짱을 끼고
이튿날은 오열하고
마지막 날은 홍수에 실려
또하나의 이중곡을 연주했다

롱 비치의 물 적신 바람은
인천 송도 갯벌에 빈 발자국만 새기고
바하의 미사곡이 흐르는 찻집에
모락모락 김 내는 커피의 낭자한 슬픔

청교도의 베일은
능금 속 벌레들의 장례 행렬
상실과 비애
훌훌 털어낸 언어의 찌꺼기들은

검은 부리에 쪼였다

이성은 마멸되고
여섯 번 겹친 봄 여름 가을 겨울은
고뇌에서 쏟아 낸 회한이 여울
영육의 틈새에 인 바람은
불꽃처럼 그렇게 터졌다

지금은 격리된 울타리에
하체를 부둥켜안고
잉태를 저주하는 눈물이
폐허의 들판 정지된 연못 위에
익사체로 떠 있어
분해되고 남은 영혼의 한 끄트머리마저
다시 잘려야 하는 절망을 갖는다

모성은 시름을 잃고
절벽에 핀 장미의 꽃향에
시간이 포장을 덮는데
아무리 회상해 봐도 떠오르지 않는 변수,
천 길 절벽에
오늘도 핏빛 장미는 피었을까

회상의 끝

회상의 줄 이어 한 번 흔들어 보고
주체할 수 없는 열정 한 움큼 덜어 보내
지금도 지워지지 않는 사연 줄줄이
재스민의 은은한 기다림

살 내음 실컷 맡아 보고
불 같은 입술 핥아 보고
삐걱이는 가슴대어 고뇌의 심연 느껴 보고
그동안 감춘 은밀한 속내 들어도 보고
웃음도 눈물도 서로 만져 가며
잊지 못해 이러고들 살았다는 허망이여

잠긴 빗장 녹슬었으면 불 질러 태워 없앨
아, 이도 저도 못하는 방황의 시달림,
껴안을 수도 볼 수도 없는
이어 놓은 회상의 줄
무서운 불안이여

죽을 우리는 죽지 않고
꿈 속에 산 사람으로
달을, 별을 낳는
암울한 회상의 끝이여

미완의 자서전

나의 전부에서
한 칸이 비어 있다
꼭 비었어야 하는
이유는 어디서 찾을까

이 자리에 꼭 들어와
나를 보고 누웠을
빈칸의 주인은
내 삶의 연속성을 허물고
벌판에 팽개쳐 둔 채
끝내 외면하는가

빈터로 남은 이 한 칸으로
중심축이 빠져
한 쪽으로 기울어져 비틀거리는
파스칼적인 미완(未完)의 자서전

밴 눈물 자국 더욱 선명한
빈 자리에 들지 못하는
그는
지금 어디서 방황하고 있을까

5. 국화와 난

국화와 난

국화와 청상(靑孀)
고산(孤山)과 연명(淵明)
국화를 노래한 시인들
숱한 사연을 담은
여인의 절개

늦가을 서릿발 아래
본능의 금제(禁制)로 몸부림치며
통곡하는 소복의 청상

오월 어느 파르란
햇살로 피어난
난(蘭),
비바람에 꽃잎 지고
또다시 서리 내리는 계절에
다시 한 번 살아난
국화(菊花),
난은 국화의 전신인가

난이 필 때 다투어 피는
화려한 꽃들
장미니 카네이션의 유혹에
순정을 버린
난

쓸쓸한 가을
화사한 꽃들이 임종을 고한 후
무뜩 옛날의 순정을 찾아
그의 앞에 용서를 비는 모습

국화다,
국화는 참회의 모습이다
어느 지워진 좌표에서 방황하는
국화의 참회처럼 내게 돌아오겠거니,
그의 머리 위에서 나를 취해 주던
그 내음

국화의 내음은 추억보다 더 짙다
아무 말 없이 떠난
또 아무 말 없이
신화처럼 돌아 올 역구에
한 송이 국화를 안고 미소하리라

판도라 상자

엄지로 꼽는 사랑에는
육체는 욕망의 고깃덩이로
정신에 감금되었는데

그것이 구속의 틀 깨고
새 사유(思惟)의 무슨
도덕 이념 관념 들이
판도라 상자에서 빠져 나와
산업 논리, 성 이데올로기의 리모컨에
조종당하는 노리개로

튄 것은 깎아 내고
패인 데는 메우며
길면 잘라 내
이것저것 모두 뜯어 고친
얼굴 몸매를
시장 바닥에 내놓는
자아 의식의 새 흐름은
이십일세기 벽을 맨 먼저 넘었다

물구나무서기

넝마 같은 너절한 것 모두 훌훌 벗고
두둥실 흐르는 순백의 알몸
뿌리 없이 하늘거리는 나뭇잎들

피를 부르는 카다피의 절규도
검은 대륙에 쓰레기처럼 널린
앙상한 뼈붙이들,
국경과 이데올로기의 맞섬도 없는
천혜(天惠)의 세계구나

버텨라 지켜라 팔뚝의 힘이여
그대로 거꾸로 서 있거라
내려앉는 안개밭에 시야 흐리고
얼굴 복판에 뿌리는 빗줄기에
발가락이 저려도
서 있거라, 서 있거라

비어 있는 가슴 채우는 상큼한 바람
포옹을 조여 오는
아, 따뜻한 햇빛이여
끝 간 데 없는
저 신의 낙원에 들 때까지
물구나무선 채 서 있거라,
팔뚝의 의지여

포구에서

비릿한 내음이 안개처럼 드리운 해안
천천히 움직이는 알 수 없는
환영(幻影)의 윤무(輪舞)들
닻이 내려지자 습한 공기는
밑바닥에 굼실대며 밀실을 메워 간다

단절 없는 연속성이 무너지며
파고가 무력감에 빠질 즈음
흩어진 기억 속에서 죽음은 깨어나고
동산의 나무들이 흔들린다

천둥 소리, 냇물 소리
엉킨 소리는 태초의 화음으로 퍼지고
황폐한 골짜기를 뚫는 빛
부드러운 빗줄기 머리 위에 내리며
활처럼 흰 숨결이
나뭇가지 위의 새를 잡는다

뜨겁게 달은 모래밭에 엎드려
공전하는 시간, 그 시간의 추(錘)가
실어증으로 답답함을 느낄 때
차가운 손길이 선뜻 그를 감아
바닷 속으로 가라앉는다

고깃덩이

초상집 쓰레기통을 뒤지는
갈퀴 손아귀에
뭉클 사자(死者)의 한 점
고깃덩이가 잡히는 순간

노파의 이마빼기에
희부연 심줄로 드러나는
저 주름 한 가닥
히죽이는 웃음 속의
비꼬임 비꼬임

노파(老婆)는, 사파(裟婆)는
고깃덩일 왈칵 끌어안으며
훈훈히 저려 오는
희열 속에서
떨리는 손가락 마디마디를
추켜 세운다

허나, 난데없는 핏발 선 눈알이
덥석 고깃덩일 앗아
사라지고 있는
저 뒤통수의 여운

팔월의 태양

귀와 목과 손가락에 다닥다닥 붙은
유리알 유리알의 투사선이
태양을 쏘는 듯싶더니

홀연, 파란 하늘에 휘어 꺾여
피뢰침을 쏘고
전주를 쏘고
눈알을 쿡쿡 찌르고
사람과 사람
빌딩과 빌딩 사이를
납작이 기며 허위적거린다

선은 다시
태양을 겨냥하는 듯싶더니
누구의 몸짓에 놀라 곤두박질치며
노을 꺼진 지하도로 숨는다

털 부스러기 꼬여
대하(帶下) 흐르는 거리
팔월의 태양은 도회에서 떠서
도회에서 숨 거둔다

나는 나다

햇살이 잎새에 넌지시 내려앉자
바람이 달려와 가만히 턱을 치켜들면
불꽃이 화르르 몸을 사른다
때 되면 피는 하찮은
봄꽃의 살피듬이
누구보다 더욱 곱다

겨울이 봄으로
봄 스스로 여름이 되지 않는다
가을 가고 겨울 지나면
순서대로 봄은 오는데
파도가 저 멀리 있다고 믿는 순간
등 뒤에 이미 밀물이 밀려든다

베푼 일이 없으니 받을 무엇도 없는
나는 아무것도 아니다
아무 것도 가지지 않음으로
얻을 수 있는 빈손의 자유
어디서든 스러지고 언제든 일어서는 나는
저편에서 오는 것이 아니며
그편으로 가는 것도 아니다
나는 나이며
처음부터 끝까지 나다

겨울 들판에 서다

눈곱만한 풀꽃의 발가락 고것들이
가슴벽을 차며 향그러운 숨 고르는
겨울 들판에

계절의 행간을 메우려
쌓인 낙엽은
눈 속에 침묵으로 누웠고

담장을 허물지 못하고 떠난
새들은 나래짓도 접고
두고 온 빈 자리 내음 다시 기억하는데

잎은 더 윤나는 숲으로
꽃향기는 더 멀리
하늘 더 높드리

미래의 만남을 애태우는 눈빛들은
빙점의 산야에
꽁꽁 얼어 있다

여울의 노래

언 땅에서
시간을 넘은 긴 여로에도
싹을 틔우지 못하고
깊은 잠으로
통한의 숱한 날을 숨쉴 수 있었던
씨앗은
두 가슴이 심고 키운
뜨거운 두근거림이었네

그런 여울의 슬픔 달래고 다듬던
기억과 욕망은
마른 이파리 나뒹구는 들판
바람에 쫓겨 떠도는
빈 주먹뿐이었네

차라리 피울음 토할 싹을
한사코 저은 계절의 잔인함에
지워진 좌표에 섰을
아, 빛마저 등 돌린
작은 가슴 첫울림의 회한이여

치부(恥部)

어깨죽지의 호흡까지 끌어올리는
섬뜩한 과거가 뒤통수에 와 박히며
식은 땀이 등골 타고 내린다

하찮은 흠집인데
버려도 될 아주 작은 불찰인데도
연인의 잘못된 기억에 줄을 섰다면
그것이 시공을 넘어 커 간다

후다닥 머리 저어
치욕의 가시 바늘 털어 내는데
또 한 차례
털끝이 웅숭거린다

손톱만큼의 몰염치한 결함도 없다며
뻔뻔스레 으쓱거리는 연인들은
참으로 행복하다

돌팔매

탈출하기 위한
뚫어진 공간의
자유

땟국의 옷 벗고
짓누른 짐 풀자

자유를 뚫으려고 휘두르는
팔매질에
무력감에서 비집고 나온
희열이
팔뚝의 힘살에 뱀처럼 감긴다

스스로 닫은 범주(範疇)에서
낮도 밤도 없이
예까지 지고 온
천근의 짐 풀을
자유의 순간

빈 객석

방화벽으로 가려진
화려한 무대
비만의 배역들로 들어찬
분장실
반복되는 리허설

빈 의자 덮은 하얀 시트
바닥 깐 붉은 카펫
새로 칠한 천정의 페인트

소프트 라이트만이
휘장 한 복판에
고양이 눈알처럼 꽂히고

객석을 핥는
진공 청소기에
소시민의 갈채는 빨려들었는가

빈 의자로만 있는
객석, 그래도
줄리어스 시저의 희극은
롱런이다

비아프라의 황혼

앙상한 늑골을 내리쬐는
한낮의 이디오피아
한 모금의 물도
풀 포기도 없는 언덕

작열하는 햇빛 한 줄기로
아라비아인을 죽인 뫼르소
알베르 카뮈는
하늘과 자연은 끝내 무심했었노라고
무덤에서 확인했는가

사랑은 운명하고
긴 그림자 드리운 만장은
불볕 허공에
하느님의 태양,
그 화사한 빛 받아
오색으로 나부끼며

송사리 눈알처럼 튀어 나온
눈 허옇게 멀어
자식 에미는 핏줄 놓은 채
여기저기 걸레로 널려 있는
그들 귀에는
찬송가는 들리지 않는다

신은 죽었는가
석삼년이나 비 뿌리지 않다니
믿음 모자라 그들 버렸는가

융플라워의 빙산은 여름도 만년설이며
홍수로 논밭 떼이는
천혜의 요람인지
왜소해진 지구 이켠에선
풍년가 노래하는데
비아프라, 그 어린 비아프라조차 지금
황혼을 맞이하는 시간인가

사제의 말씀이 들린다
멀리, 아주 까마득히 먼 데서
──나사로는 죽었지만
　　　그 병으로 죽음에 이르지 않았도다
　　　하나님의 영광을 위한 것이요
　　　이것으로 하나님의 아들이
　　　영광을 받으시게 하기 위함이다

* 비아프라 : 아사 직전의 뼈만 남은 인간군.
　춥고 배 고프고 눈곱낀 상황의 대명사

회귀 (回歸)

홍역 자국만 남은
빈 가지에
고사(枯死)의 애도(哀悼)도 아닐 텐데
까치 앉아 울고

유성 같은 빛 한 줄 남기며
바닥을 뒹구는
마지막 잎새

나뭇가지 사타구니에 끼인
달마저 원형 잃고
웃음 지을 때

헐려도 헐리지 않는
집 문지방에 꽂힌
팔 다리 없는
칼날
시퍼렇게 부릅뜨고 있다

허허 (虛虛)

사이키델릭 뮤직
사이키델릭 라잇

발연(勃然)
퀵
슬로우 슬로우

통통
튀기는
통바지 가랑이

김치 내음 밴
메니큐어 마디마디

꼬아꼬아 흔들몸
커지는 상대의 키
바꿔바꿔 빙빙
피지 않는 나뭇잎

딸 기다리며
대문간에 거적 깐
반백의 모정

신문지 바른 보꾹 읽는
눈곱 낀 사내

달과 소년

달을 쳐다보던
소년이
덥석
달덩일 따내어
꿀꺽 삼키자
이내
뱃속을 빠져 나와
호수 위에
두둥실
물살 짚고
떠 있다

듀우엣

셔터 내린 은행문 앞
눈 끔벅이며 뽑아내는
청승맞은 가락의 듀우엣
등에 달린 애의 고삘 잠재우며
행인의 뒤통수 두드린다

가락 한 소절 저며 삼킨
북풍이 날려 보낸
음부(音符)가
거칠한 젖꼭지에
잎새처럼 피어 부르르 떤다

차가운 돌계단에
갈라진 노래 토막들이
셔터의 주름 새에
한 줄 한 줄 끼어들며
시간을 재는데
얼어붙은 로고스를 하얗게 바래며
눈에 와 닿는 달빛이
듀우엣을 울리고 간다

사냥하기

누가 태어나
첫걸음부터 달음박질로
뛰었는가

성공한 증권 중개인에서
문제의 화가가 된
폴 고갱이 있고

정치가로 드날린 다음
쓰기 시작해
일흔 아홉에 노벨 문학상 거머쥔
처칠이 있고

오백 예순 네 권의 책 펴내는데
칠백 쉰 네 통의 출판 퇴짜맞고도
콧대 높인 영국 작가
존 크래시도 있는데

강태공 곧은 낚시질 꺾어 치고
표적 골라 한 방 쏘아 잡는
사냥을 가자
시간은 뭉게뭉게
하늘에 일고 있지만은 않다

있었던 그대로

황사 바람마저 한 몫 껴들어
답답한 하늘
소나기 쫘 내려
말끔히 씻어 내거라

정직한 눈빛은 그대로
속속들이 가리운
있었던 그대로
뿌려 뿌려

초가 삼간 오밀조밀
황톳길 등교길
가슴 쑥 내밀고
마음껏 마실
그런 거기서
기지개 펴 살고 싶다

금발의 인형

타다 남은 노을이 푸득 꺼지고
발기된 수은등이
정액처럼 뽀얗게 피어오를 즈음
밤을 기다린 그들은
흥건히 몸을 적시며
네온의 거리
정사(情事)의 카펫에
꽃물 게우며
부풀은 살결의 탄력을 씻는다

어둠의 끝자락이
지하도 계단을 오를 즈음
빈혈로 스러지는 목발,
의족이 층계를 가로 막는데
부어 터진 손등에 와 닿는
가쁜 숨 소리
자기 비하(卑下)의 소리

계단 그림자 위에 낙태한
몇 쪽의 달빛을 쓸고 가는
아, 역사의 울음

빛

어두운데도 눈에 들어오는
길다란 햇빛 한 줄기

두 가닥으로 잘렸다간 다시 세 토막이 되고
너덧 가닥으로 끊겼다간 다시 한데 이어지는
벌거벗은 빛을
소나기가 무지개빛을 띠며 칭칭 감는다

뽀얗게 피어오르는
빗물은
빛의 속살을 헤집고 들어와
허물어진다

소나기 그치자
체온의 투명한
이슬방울이
눈앞에 걸린 전기줄에
하나하나 목을 맨다

감전된 눈알이
바람개비처럼 펄럭이며
맨바닥 위에
한 점 물방울로 떨어진다

6. 잃어버린 시간

6. 잃어버린 시간

잃어버린 시간

해맑은 눈빛
돌담 뒤로
소리 한 점 없이
미끄러지듯 훌쩍
무언가 숨어 버린 듯한 순간

하얀 캡 쓴 외등은
누구를 찾다 지친 듯
꾸벅꾸벅 졸고 있다

회양목 푸른 이파리도
기다리다 지친 듯
눈송이 한 아름씩 떠받고
가끔 후들후들 떨고 있다

누구의 새하얀 발자국들이
절망처럼 꽁꽁 얼어붙은 위에
눈발은 옛정이 못내 아쉬운 듯
자꾸자꾸 내리고 있다

평등값을 위해

나를 돌아선 것이 아닌
만남의 평등값을 찾기 위한
위대한 오열이다
눈물 악물며 떠나는 것은
나를 돌아선 것이 아닌
아픔을 몽혼시키는
최상의 시늉,
신선한 빗줄기다

거울 속의 나는

거울 속의 나는
내가 아닌 그였다
허구헌날 들여다보는
거울 속에
그가 들어앉아 있다
쫓아내려는 나도
나가려는 그도 아니다

슬플 때 같이 눈물을
기쁠 때 껴안고 소리내 웃는다
나갈 때 서로 손잡고
돌아와 마주 대하는 사연이
수십 년이 지나건만
순수의 열띤 늘 그 얼굴이어서
나는 거울 속에
그를 감금해 놓고 있다

언제건 그가
거울 속을 떠날 때면
속절없이 나의 허물도 스러지겠지

가는 것은 오는 것이다

호수에 비친 얼굴은
그의 그대로인데
한 움큼 물살 저으면
일그러지며 없어진다

마음도 꺼내어 담그면
가진 그대로 보이고
손 넣어 휘저으면
파문 그리며 사라지는가

창문을 열어 빛을 들이자
돛을 펴 바람을 들이자
가는 것은 오는 것이다

차 있음과 비어 있음

사랑할 때는 시를 쓴다
차 있지 않아 배길 수 없는
비어 있음 때문에

내적인 무한성을
그대에게 내보이기에는
개념적인 사랑의 표현이
꾀나 궁색해서인지
시라도 써 채운다

자꾸 써도
비어 있음에 차지 않는
그래서 또 쓰고 쓰는 사이에
어느새 나도 모르게
그 안에 들어
가장 차 있음을 느낀다

차 있음과 비어 있음
넘침과 가라앉음을 되풀이하는
영혼의 부침(浮沈)
언제쯤인지
비목(碑木)이 저만큼 서서 흐느낀다

빼앗긴 시간들의 의미

그에게 앗긴
모든 생몰(生沒),
나는 뒷전에 물러나
일탈한 그 가슴에
축배를 들어야 하는가

밤낮으로 술에 젖어
몽환 속을 헤매며
바래 버린 노트의 옛 주석을
풀며 뒤척이는
무의미한 날의 굴절

누가 약한 자인지
그 부리에 채여
손을 흔들어 구원도 못하고
발가벗긴 대로
비를 흠뻑 맞아야 하는가

깨달음

일상의 동작에서
깊이와 무게를 앗아 가는
그것에서는
그것밖에는 토대가 없다

나의 어떤 몸짓에도
본질의 자국이 담긴 것이란
아무것도 없으며
거푸 확인할 수 없는
그것은
죽음 다음에 오는 것이다

그것의 주체가 꿈틀대지만
죽어 있고
있으면서도 없는
있었던 기억으로만 있는 듯
이루어지는 그것으로
영원히 현재를 갖지 못하는
행위이다

터널에서

터널 속은 둥글지 않고
아래위 오목누비로
울퉁불퉁 찌그러져
들어가면 갈수록 오므라들며
지축을 흔든다

거미줄 곰팡이도 걷힌
시원(始原)의 세월 속에
천정 벽바닥 모두
옹색히 좁고
금가 터진 붉은 틈새에서는
빗물 뿜어 흠뻑 젖는데

불임(不姙)의 캄캄한
원초의 터널은
엔진의 공허한 신음 소리를
밖으로만 내밀고 있다

손의 마술

사람은 설 수 있어
앞다리를 손으로 불려
동물의 천한 이름 면하고
특별한 은전의 능력 받았는데

그것이 좋은 데 험한 데
쓸 데 안 쓸 데 다 쓰고도
가장 지겹고 메마른 날
허기로 따분함이
온몸을 곰실곰실 쑤실 때

손끝을 가벼이 비비면
자르르니 포물선 모래 언덕 무너져
한복판에 샘물 솟아오르고
거친 울음 소리는
고요한 사막의 정적을 가른다

개 고양이도 손이 없어 혀로 핥는데
아래 위 어디든 움직이는
열 개 손가락의 마술(魔術)은
언제든 축축이 단비로 적실
자유를 가지고 있어
꼿꼿이 서서 저렇듯 활개친다

부서지지도 않는가

무엇 때문에
부서지지도
흐르지도 않는가

썰물처럼 뒷걸음질치며
밀물처럼 펼쳐지는
나의 순수를 지키려
이렇듯 두 손에 자물쇠 채워
나는 너를
부서뜨리지도 못하는가

다른 사람과 다른
유일성 때문에
포기와 고뇌, 그리고 헌신이
꽁꽁 나를 묶어
너를 부서뜨리지 못하는가

한계를 넘고 싶다

가진 모든 것
에너지와 욕망마저 터뜨려
나를 뜯어 헤치고 싶다

나의 파괴에서
영감은 시뻘건 불기둥으로 솟구쳐
창조의 구조를,
나의 한계를 뛰어 넘고 싶다

고통을 폭파할 때
암울함을 사르는 빛,
나의 육신이 조각조각 부서지는
감동의 표현은 나의 것이며
실체 안의 나의 존재이다

절망의 시간

바둥거린 그 시간이면
충만이 있었을 텐데
빗줄기 서서 내리는
심연을 오갈 때마다
도리의 깨달음은
나의 테두리들을
한꺼번에 부서 버린다

나를 삼키려는
크낙한 절망을 밀치고
다시 일어서는 빛이
내면에서 폭발할 때
남는 것은 잿빛뿐

나의 꿈, 나를 몰각(沒却)하는 것은
밖이 아닌 내 자신 속에
한계의 팽창이 있었다

거울 속의 그는

상처의 핏자국
눈물로 닳아 패인 골짜기에
절망의 희열이
거울 속에 웃고 있다

거울을 떠나면
흠집도 고뇌도 없는 멀쩡한
일상의 그 얼굴 그대로인데

찌부러지고 허물어져도
영구히 치유되지 못할
거울 속의 그는
거역하지 못하는
불의 내면이 있어 기뻐해야잖는가

뒤안길에 숨겨진

목구멍에 붙은
그것을 울컥 토해 낸다
붉다 못해 시커멓게 타 버린 핏덩이
그 속의 지난 시간에 찌든
역겨움 노여움 슬픔
미처 달래지 못한
깊은 사연의 찌꺼기들

한 움큼 빛도 받지 못해선지
녹지도 자라지도 못하고
한으로 꽁꽁 뭉쳐
숨 쉼을 가로막는 그것을
울컥 밖으로 토해 내지만

그 뒤안길에 숨겨진
토해 버릴 수 없는 그것이
지겹게도 깊숙이 달라붙어
토해 낸 시원함도 무위로 끝나
가슴이 답답할 때마다
가슴팍을 앞으로 내밀고
냅다 오줌을 깔긴다

어째서 침묵하는가

미친 듯 소리치며 일어서
거리로 나설 일이지
사람들 눈에도
기쁨 좀 쏟아 부어
너와 내 가는
큰길로 가는

쓰라릴 땐 소리지르면서
행복에 겨울 때는
어째서 침묵하는가

한 움큼 빌려 가고
몇 갑절 베풀면 그만인데
설명도 이해도 평가도 어려운
절대의 혼란
침묵에서 비명이 들린다

종 점

높드런 산은 쪼그라들듯
뿌리는 썩고
샘물도 까맣게 말라
바람에 날리는
죽은 깃털들

허허로운 이 산길에
누구에게 기도하며
손을 내밀어
타는 가슴을 보듬을까

돌아서 갈 수 없는
종점에서
일상의 욕구도 기력도
태어나지 않았던 시간조차
헤아릴 수 없어
백지에 더럽힌 회한이
정지된 발끝에서 떤다

모두 빼앗아 간다

나 혼자만의 존재
나 자신과의 대면
나의 자아가
내 속에 몰입되어
가득 참과 텅 빈 것의 사이

내가 모든 것이고
아무 것도 아니라는
불확실의 애매성과 비극성
그 양면에서 느끼는 갈등
나는 창문을 닫고
어둠 속에 갈증을 눕힌다

믿음이 무너진
내적인 파국에의 절망
어디선가 들려오는
교살된 나무들과
익사한 물고기들의 비명 소리

이성의 탈은 잠시의 대리뿐
기초의 틀을 흔들고
내 안의 모두를 빼앗아 간다

다시 시작하자

최초의 혼돈
그 소용돌이 속으로 들어
무(無)에서 다시 깨어나자

뿌리는 말라 비틀어지고
내음으로 찬 골짜기
공기는 까맣게 찌들었으니
원초적 공유의 질서 위에
태초에서 다시 시작하자

지구 종말에 있는
구조(構造)들을 부수고
과거로의 길로
먼저 사람부터 가자

모든 것을 뒤섞여

그럴 수도
그렇지 않을 수도
모든 것은 잃는 것이고
잃는 것은 얻는 것인데
무엇을 잃고
무엇을 얻을 것인지
모두 한데 섞여
사각거리는 솔잎처럼
물살에 밀리는 낙엽처럼
모든 것은 동시에
비현실적이고 현실적이다

귀 환

무서리 내리는 황량한
미명(未明)의 들판
태초와 같은 침묵의 그늘

불 꺼진 빈 방
시계 소리를 등지고
원시의 능선을 탄다

꿈틀거린 일부의 잔해마저
체온을 식힌 지금
혼자의 소음으로만 남은
두 다리의 작업

갑자기 펴져 오는
빛과 소리
프로메테우스의 분노한 신음
소리의 칼날 같은 파편들이
빗줄기처럼 침묵에 꽂힌다

산을 끌어안은 어둠은
소리를 죽일 수 없는가
상처의 소음을 뒤로
쫓기듯 오던 길로 되돌아 선다

사나이

한 사나이가 웃으며 걷는다
다른 한 사나이도 웃으며 걷는다
허연 이빨 드러내 웃는 사나이들이
이 골목 저 골목에서 꾸역꾸역 나온다

웃음이 안개가 된다
천둥이 되고 번개가 되고
이윽고 장대비 꽂히는 장마가 된다
발톱과 이빨과 눈알
사나이들 가슴 한 쪽이 떠내려 간다
보낼 것 모두 보내고 난 폐허,
태양이 함빡 웃는다

작열하는 모래 위에
사나이의 웃음을 뜯고 있는
핏빛 장미들,
성난 가시들이 피를 흘린다
뚝뚝 떨어지는 핏물이 굳으면서
가슴 한 쪽이 살아나고
눈알과 이빨과 발톱이
제 모습을 찾아 가는데
왁자지껄한 여자들 비명이 떠 있는 허공 속에
태양이 함빡 웃는다

7. 꽃잎

꽃 잎

총알 하나가
꽃잎 하나를 맞히면
하나가 하나를 업고 떨어진다
두 개가 셋을 맞히면
셋은 다섯을 업고 떨어진다
세 개가 다섯을 맞히면
다섯이 열 닢을 업고 떨어진다

쏜 총알이
일제히 꽃밭에 꽂힌다

빗돌만 우뚝 선
공동 묘지
균열이 간 땅 틈에 박힌
꽃잎이
제 크기만큼 무덤을 판다

화약 냄새를 털고
몸을 쥐어 짜낸 향,
공중에 뿌린
꽃잎이
눈을 감는다

향은 알몸이 되고
알몸에 돋은 비늘은

날개가 되고
날개는 새가 되어
까맣게 하늘을 날은다

새의 심장을 겨눈
녹슨 총구의 가늠자 구멍에
꽉 들어찬 새의 눈알들,
방아쇠가 무차별 사격을 한다

꽃잎이 묻힌 자리에
그전에 죽은 백골이
허옇게 웃는다

변하고 싶다

꾸미지 않은
그대로의 산과 강
바다와 들판이고 싶다

숲 속의 다람쥐 산토끼
야성의 멧돼지이고
그 위를 날으는
나비 잠자리 철새
날렵한 제비이고 싶다

그 안에 흐드러진
개나리 진달래 잡풀이고
강가의 비 맞는 풀꽃들
은빛 빛나며 서걱거리는
억새이고 싶다

기름진 여기서
뿌리 내려 꽃 피우고 시드는
깊은 충만으로
한낱 이름 없는 나로
변하고 싶다

순 환

소나무 수관 스치는 바람은
향내 피어 오고
목련 너부죽 잎새에 고인 빗물은
한 방울에 밀려 방울방울
연꽃 위에 내려앉는다

작약의 불꽃은
열정 사르는 선정의 여인,
바닥에 떨어진 분신마저
늘름거리며 타들고

늦볕에 찌듯 익어 나른한 잔디는
비에 젖어 일어서지 못하고
그 위를 거칠게 뒹구는
잎새들의 지친
윤회(輪廻)의 숨결

하늘 높은데
어디선가의 나직한 소리,
귀에 익은 발걸음 소리
진돗개는 짖지를 않고 있다

가 면

환히 웃다가도 히죽 웃음 감추는가면
익살 떨다가도 눈물 흘린다
세 줄로 패인 주름살
해골처럼 뚫린 두 눈알
귀밑까지 찢어진 입,
내가 취해 누웠을 때면
벽지 무늬의 가면(假面)은
천의 얼굴로 변한다
쾌락과 통증을 느끼는
감각과 무감각, 또다른 감각 사이에
무감각이라는 휴식의 순간
벽에서 가면을 떼 내어
내 얼굴에 씌운다
가면 위에 덧씌워진 또다른 가면,
나는 비로소 얽혀 풀지 못한
속박의 포승을 끊는
위대한 해방감을 느낀다
자신이 닫힌 범주 속에
이중의 탈을 쓰고서야
편안을 만끽하는 나는
밤마다 벽지가 만들어 준 가면을 쓰면
채찍은 날개를 뽑아내
몽환의 길로 달린다

백지로 있고 싶다

백지로 있고 싶다
그 위에
피를 토하는
열정의 시,
실연의 뜨거운
눈물을 뿌려도 좋다
백지로 있고 싶은
백지 위에
인생의 종지부를 찍는
마지막 서러운
이별의 날에도
굴욕의 어떤 오물이건
백지 그대로 남을
백지로 있고 싶다

지겨운 날

지겨운 날
문득문득 총구를 그에게 댄다
한 방 탕 쏘고 싶은 충동은
지겨운 날
머리숱만큼 뻣뻣이 선다

총이 없으면 비슷한 것만 있어도
설사 총알을 내뱉지 못할망정
과녁을 향해 정조준으로
방아쇠를 당긴다

순경이나 헌병의 권총을 훔쳐서라도
딱 한 방 쏘고 싶은 지겨운 날
나를 추스릴 수 없이
머리에서 가슴에서 또는 빈손질로라도
그에게 방아쇠를 당긴다
탕탕탕——

배 갈라 뜨끈한 오장 육부 드러내
그를 향해 쏟아 부으면서
두 눈 딱 감고 과녁에
무차별 방아쇠를 당긴다
그러나 피 튀는 방아쇠의 손가락은
마비되어 있다

겨울 노을

핏기도 가셔 가는
그는
성 누가 병원 옥상 난간에 걸터앉아
가쁜 숨 몰아쉰다

나뭇가지 끝에 찔리면
뭉클 쏟아질 듯
손끝으로 튕기면
풍선처럼 날을
그는
마지막 경련을 일으킨다

재회의 시간 아쉬워
푸드득 수직으로 날으는
새의 하얀 깃털을
핏빛으로 물들이고

안개에 선혈 묻히고
푸석 스러지는 잔해,
두터운 검은 누비옷이
한 겹 한 겹
입혀져 간다

빛과 그림자

서로 만나 웃으며
악수한 밤은
서로 감춘 것을 낚아 내는
굶주린 포효의 불꽃,
꺼지면 지피고
타 버린 노을은
예비된 불씨의 잔해

빛과 어둠이 교차한
막장은
사늘히 식은
시체와 시체
무거운 밤의 지겨움

서로 만나 악수하고 헤어짐은
서로를 속여
서로 섞일 수 없는
빛과 그림자

캘린더

억새는 목을 조이고
강물은 발목 잡아 심연으로 끌어
의식을 바닥에 묻으려는 어둠 속에서
커튼 사이를 비집고 들은 달빛이
캄캄한 절벽 한 편을 비추더니
해변의 비키니는 벽을 떠밀고 나와
욕조로 들어 샤워한다
알몸에 묻은 바닷모래 씻겨지며
파도 소리 방안 가득하고
반짝이는 비늘에 늘어뜨린 머리칼
달빛의 초점을 받은 저 모습은
튀는 신선한 인어다
순간 나의 체온은 다시 오르고
펑 뚫린 빈 머리에 이내
망각이 꽉 차들며
바람에 숲이 깨어나듯
번쩍 정신이 든다
배신의 무덤 앞에
눈물도 말라 무력해진
한 칸 방 이 공간에서
그가 나와 마주하면
그것만으로의 위로로도
불면의 고통 벗고는
깊은 잠 속에 빠진다

봄의 소리

부서진 얼음 결에서
밀려 나온 졸음이
거칠한 살갗 위에
펀펀히 허리를 편다

비시시 실눈 뜨고
하늘 보는 꽃뱀 한 마리
미류나무 솜사탕 홀려 감는다

훨훨 벗은 영상의 계절이
원색을 되찾을 때
남산 타워 끝으로 옮겨 가는 눈길에
희멀건 공간이 잡힌다

허옇게 서려 있는 허공
옛적부터 한눈팔고 있는
공간 속의 무거운 침묵

이브 젖가슴의 절대값
하늘 땅 도시 사람 들짐승 시간 들이
함께 얽혀 공간을 떠돈다

오후의 권태

온 몸의 피 죄 빠지며
마음의 고요는
터진 풍선으로 삐져
빈 바람 불고
우리에 갇힌 사자처럼
공간 네 벽을 부딪치는
두 다리의 피로

뫼르소의 눈 부신
그 햇빛은 라일락 꽃 쏘아
향을 터뜨리지 못하고
백지의 가슴에 죽음의 끝으로 치닫는
마라토너의 황홀한 숨가쁨

친구의, 애인의 전화 목소리도 없는
빈 책상에 쭈그리고 앉은 신문은
불새의 환상을 조각조각 찍어 담고

어디에 있을 그의 화사한 젖은 목소리,
일순에 꽃뱀으로 일어설 늘어진 육신은
퍼붓는 장대비 꽃밭을 흔들어도
갈증도 못 느낀 채 백치의 이빨 드러내
망아지처럼 웃고 있다

* 뫼르소 : 카뮈의 〈이방인〉 주인공

박제된 불꽃

빗속에 서다
물빛의 긴 옷자락 스멀거리는
빗물이 고인 자리에
죽음의 투명한 눈으로도 보이지 않는
어두운 심연의 절벽
두 개의 상반된
일상이 대치하고 있는
검은 빗속을 맨발로 걷는다

해초 같은 향내
내밀한 숨결이 밴 밤의 습기
지칠 줄 모르는
추행(醜行)의 낙수(落水) 소리
너는 네가 아닌
한 밤 사이에 변신한
네 입술에선 빗소리가 들린다

빛을 받을 한 송이의 장미에
정기 있게 퍼지는 여명,
장미빛 그늘에선 모든 게 용서되는
창문을 열어 놓은
덧없는 빗속의 변주(變奏)여
시인의 비석은 스러진다

믿 음

빨간 리본 달린
선물 상자 속에도
쇼우 윈도우에 진열된
화사한 그 많은 것들 가운데서도
또는 사람과 사람 사이에서도
눈 비벼 찾을 수 없는
귀하고 값진
가장 얻기 어려운
것
그것은 아예 없었던
있어서는 안 될
그런 것

거울의 뒤창

너를 볼 때마다
그 속에는 내가 있지만
너는 네 뒤창을 숨기고 있어
캄캄하다

낮에는 해를 밤에는 별을 보듯
너의 앞창에서 보는 나를
이번에는 너의 캄캄한 뒤창에서
정면으로 나의 내면을
속속들이 투시해
너의 속내 깊이 드리워진
그늘 거둬 내라

맑은 물 짙푸른 하늘
들 숲 흔들며 지난 바람 산등성이 넘으면
내 삶의 깃대는 거기로부터
흐드러지게 핀 꽃들 길게 늘어선
길목이 나설 것이니

지금도 행여 짓무른 순이의 눈
어머니의 저 가녀린 손짓
아, 어찌 저 모습의 뒤안을
네게 모두 설명하랴

뒤창의 빗장을

언제건 닫고 있는 너는
비밀을 은밀히 알고서도
선뜻 내놓지 못하는 나름대로의 사연,
그래도 빛의 씨앗 품고
절벽에 그렇게 섰는 그 아픔
누군들 알아차리겠는가

들국화

찬 서리 내린 들판
붉웃이 스러지는 노을
홑저고리 속 한(恨)에 받고
하늘의 고요를 인
매무새 고운
청상(靑孀)의 소복(素服)

하많은 기도의 세월
쌓인 사연이
계절을 잃었는가

서리 찬 절개 안고
참회의 쓰린 목메임이
시들어 더욱 찬 향기
시들어 더욱 긴 생명이

오늘도 눈물 머금은 입술 악물며
가신 임 못 잊어
들녘 모서리에
홀로 한숨짓고 섰다

역설과 진실

향을 피우지 못하는 꽃이면서
나비 덤벼들기 바라고
나비는 색깔에만 홀려
꽃을 찾는다는 역설(逆說)이
절벽 끝에 걸린다

역설의 껍질은
박쥐처럼 절벽에 매달리고
가슴은 탁류의 강물에 빠지는데

꽃은 꽃이 아니고
나비는 나비가 아니라는
떨어지는 가슴을 보면서도
보이지 않는다는
강물은
소리 내 흐르면서도
흐르지 않고 다만 떠내려 간다며
내려앉는 가슴을 밀어 낸다

눈 길

순백으로 포근히 감싸인
겨울 여울 긘 새벽
참새 발자국이
몇 곡 사보(寫譜)해 간
골목길을

보드득
음률 뜯으며
눈짓 인사
조심스레 지나는
발걸음

부채살 햇살 퍼지면
누구의 걸음은 커지고
허기진 허리는 휘어들어

오늘이
어제가 되는
인도는 지저분해진다

원

입을 오무려 혀끝으로 차낸 연기가
공간에 원을 그으면
허허로운 시선이
과녁을 뚫는다

원(圓)은 살아 움직인다
그 속에 들어앉은
한 잔의 술

원의 구름 바퀴 휘저어
손에 잡히는 것은
끈적한 집착뿐
꼽재기만 묻어 돈다

의젓이 정좌하고
무소유의 빈 마음으로
한 잔 들이키며 다시 차내는
원의 구름 속에
내가 들어 앉아 있다

사계(四季)

겨울 난 강아지가
뼈다귀 핥다가
개나리 꽃 그늘에
코 박고 존다

두어 구름배 한가히 노 젓는 하늘
만져질 듯 다가오는
찬란한 태양 앞에
스스럼없이 알몸 드러낸
장미의 요염이 활활 탄다

등성이 골짜기
빈 바람이 뿜는
회오리의 불꽃,
가지마다 매달려 불에 탄
가을을 따는
바람배가 불룩하다

호주머니 속 알밤으로
입맛을 달래며 봄을 기다리는
움츠린 어깻죽지가
가파른 얼음길을
으적으적 내려간다

바람과 돌과 개울과

개울에 잠겨 고물고물 물감 푸는
꽃구름 넘어뜨린
첫나들이 바람은
황금색 비늘 세워
억새의 마른 정강이 훑으며
빛의 가장 깊숙한 데로 허리를 휜다

물살에 닳으며 시달려 잠 설친 돌은
이끼 팬 자리에 기대어
가쁜 숨 몰아쉬며 허기를 느낀다

그를 에워싸 우는 마른 바람 소리에
극한의 고뇌를 견디는 개울은
움직이는 듯 서고 서는 듯 움직이는
분신의 흔적을
찢긴 만장 같은 조각들이 나뒹구는
모래톱에 촉촉이 남긴다

훌훌 털어 닫은 하늘문
잔설 덮인 공허의 한복판에
눈물 고인 허수아비 하나
부활의 십자가 모양
삐딱이 서 있다

월륜(月輪)

호젓한 길
맞잡은 손의 정열 녹이며
머리에 핀 분홍 꽃잎이
별처럼 반짝일 때
초생달은 세일러복 소녀의
초롱한 눈빛에 윙크한다

이슬풀에 앉은 그림자
속삭이는 초콜릿 밀어(密語)가
열띤 침묵을 낳으면
하늘의 반나(半裸) 여신은
수줍어 한 쪽 얼굴을 가린다

가쁜 파문에
일그러진 제 얼굴 싫어
호수를 서성이는 성장의 보름달은
숲 속 깊이 슬픈 듯 잠적한다

밤이 밤눈을 잃고
만상이 고요로운 때
인형에 노란 드레스 입히는 시간이 고되어
그믐달은 잠시 쉬고 있다

암흑을 뚫는다

어디에서 울며 왔는가
한없이 떠도는 미아(迷兒)들
밤마다 순백의 좌절 흩뿌리며
쫓기듯 방황하는
저 별들은
나를 일으키지 못 한다

오탁의 도시 하늘 별빛은
골목에서 벗겨지는
소녀의 속옷을 밝히지 못 한다

암흑을 뚫는다
존재의 밑바닥서 확실한 의미를 찾으려
허무의 밑바닥서 유리알처럼 투명해지는 시간까지
그를 깨우려 헤집는다

감금된 그를 끌어내
얽매인 사슬 풀고
혈맥 이어 피 통해 주려
보습 끝이 어둠을 찍어 낸다

숨긴 발톱 세우고
감긴 눈 부릅뜨려고
분노를 뚫는다

하늘에만 빛이 있는 건 아니잖는가
하늘서만 별이 반짝이는 건 아니잖는가

용암이 피를 빨듯 이글대는 분화구
신이 되려는 엠페도클레스처럼
몸을 날리는 그런 일이 있어도
그를 품에 안아
깎고 닦고 벗겨질 때까지
깊이깊이 암흑을 뚫는다

＊엠페도클레스 : 고대 그리스의 철학자. 우주의 근원으로 토, 수, 공기, 화
　(火)의 네 원소를 들고 만물을 결합과 분리의 집산으로 설명함.

도시 이야기

태양 이륜차에서 점화된
교수형 고압 전기줄에 매달린
프로메테우스, 성의(聖衣)의 얼굴이
고층 콘크리트 깡마른 그림자 속에
석고가 된다

연옥(煉獄)께까지 닿은 안테나의 신호로
예지자의 핏물 핥으러 오는
핏발선 까마귀 떼의
저 노린내, 쇳내

지구 무게 인 머리
불거진 눈두덩이의 어안(魚眼) 렌즈가
쇼우 윈도우의 마네킹 쓸어안고
푸석 누우며 찍어 내는 역사
한 장의 혼돈

현상된 인화지에는
활활 타는 진한 핏방울뿐
버섯 구름 속 하늘
하늘이 까맣게
까맣게 찌들어 간다

핵가족시대

잠든 손자 얼굴에 맴도는
끓는 눈물이
며느리 눈초리에 식는다

맞잡은 인고의 마디들
허허 벌판 내딛는
맺힌 물집이 꺼멓다

나이 새기는 주름에
숨 죽이고 납작이 기는
신혼길 풀 벌레 두 마리

꺾이고 부풀고 줄면서
바람이 길어 온 꽃물이
헐은 벽 할퀴며
목을 적시는
바늘 끝에 물구나무선 아픔

시큰한 콧날 거머쥔
수천 개의 과거가
눈자위에 푸드득 덮치며
깍지 낀 열 개의 손가락 끝에
백합처럼 핀다

8. 맨살로 일어서는 바다

'바다' 연작시

8. 맨살로 일어서는 바다

'바다' 연작시

맨살로 일어서는 바다

목탄으로 타 버린
야성의 노을
먹구름 끼고 오는
역풍의 소용돌이
사이사이 자란
섬들의 음탕스런 자맥질
돌아누운 바다를 껴안고 전율하는
포말의 탄주(彈奏)

깊은 곳에 감추어진
허연 무릎,
포물선 젖가슴 부풀고
파랗게 질린
번드런 맨살의 열띤 숨소리,
풀어헤친 머리채의
탐욕스런 몸부림

해독할 수 없는
몽롱하고 우울한
영혼의 언어에서 토해낸
하얀 불꽃들
차가운 수정빛들이 흐느끼는
무도(舞蹈)의 전야제

스스럼없이 서로의 몸 섞으며

서로서로 목을 조이는
연속적인 창백한 교살(絞殺),
아, 죽음과 영원의 허상이여

일제히 일어서는
발가벗은 바다 휘저으며
끊임없이 영겁회귀(永劫回歸)를 교사하는
바닷바람이여
바다는 바다가 아닌
어둠 속의 혼돈
바다는 어두워 슬프다

노아 이후

누워 있지 못하고
뻣뻣해지는 의식의 머리칼 비틀며
귀머거리처럼 분화구에서 터져 나온
말의 퇴적(堆積)을 흩뿌린다

곱슬거리는 흰 거품 조각 층에
미끄러져 흩어지는
말씀,
공간 속의 창백한
영원의 기호

물벽마다 무모한 번식의 죽음,
깨물린 자국도 없이
상념의 변두리에
충만한 애무만 남기고 해체시키는
쓰라린 음모

죽음의 냄새도 없이
소모되고 허비되며
가라앉는 저 언덕 묘지의 비목(碑木)들이
성난 파고에 떠 흐를 뿐
말씀이 적힌 편지
비둘기는 보이지를 않는다

불바다

한 줄기 불길에
타드는 눈알 부릅뜬
저 바다

불빛 사라진
무위(無爲)의 소리는
피를 뜯는 음악

바다는
영원한 죽음의 밤
죽음은 영원한 바다

사람과 신화

망망한 바다
보석 상자 건지려고
퍼내도 줄지 않는
바닷물을
끊임없이 젓는
저들의 움직임
건너 산에선
시지포스의 두 손이
굴러 내린 바위를
또 밀어 올리고 있다

바다에서

눈에 들어오는 것은
멀리 사라져 가는 포말
파도가 내부에서 일렁인다

꽃뱀을 죽이는
전율 같은 즐거움
즐거움을 위해
생명의 나무에서 떨어진
또하나의 작은 생명

구름 한 점 없는
꽃바다에 번개 번쩍인다
포말의 체액,
해초의 부드러운 입술이 몸 휘감아
갈증의 바다를 따뜻이 데우고
파도 사이에서
태양에게 물린 헛바닥이
그를 밀어내고 있는 바다

춤추는 한 가닥 불빛 사그러지면
침묵의 그늘이 가슴 곡선을 따라
한낮의 어둠을 꿰뚫고 지나간다

파도 · 1

한가위 달빛이
그토록 밝아 서러워선지
알몸 벌떡 일어서
모래톱에 찍힌
누구의 발자국을
역겹게 핥아내며
밤새껏 뜬눈으로
울부짖고 있다

파도 · 2

번쩍이는 창검 비껴 든
병사들이
대오 짜고 물보라치며 휘몰아 온다

거품 문 입이 토해 내는
저들의 함성
피에 굶주린
카인의 울부짖음

멈췄다 다시 잇는
영겁(永劫)의 승전고 소리
아름아름 은모래, 바위 삼키고
산까지 한 입에 넣으려다
갈매기 부리 피해
철썩 주저않아 무너진다

뭍을 정복하려는
창세기 이래
끊임없는 투쟁의 반복
평정을 못 찾는 눈은
사기(士氣)에 차 시퍼런데
공격 후퇴의 되풀이는
시지포스 환희의 생애인가

꿈 사설

바다를 퍼올린다
맨손으로 퍼올린
바닷물은
어느새 가슴 가득 채우고
빈 바다는
공허한 어둠에 묻힌다

가슴 바닥에는
게와 조개와 불가사리
중간에 요동치는 연어 떼들

바람 빠져 가는 복어는
가슴 수면 위에 허우적여
바닷물 출렁이고
목대의 핏줄 할퀴는
독기의 거품으로
깜빡 눈을 뜬다

친정에 매달린
희끄무레 볼록한
복어 한 마리가
노려본다

지울 수 없는 이름

바다에 오기 전에
목매어 슬피 울었고

강에 이르기 전에
여울져 발버둥쳤고

냇물이 되기 전에
되돌아 다시 불렀고

비 되어 내릴 때
잎새보다 먼저
아스팔트 위에 뒹굴며
목이 터져라
그 이름 불렀다

이젠 어디서
다시 그 이름 부를까
눈물로 지새운
그래도 지울 수 없는
너의 이름

파도에 부대껴
산산이 으깨지며 이대로
흐느끼고만 있을까

바다에 서면

바다에 서면
번뇌는
해조음에 찢기고
이윽고
파도의 한 자락 주름에
하얗게 부서지며
씻긴 머리는
끝 모를 지평 위에 머물러
또 다른 번뇌가
빈 가슴을 채운다

둘로 잘리는 일상

죽은 해파리처럼
구름 한 덩이 떠 있고
회색 갈대는
소리 내 흐느적이는데
나지막히 날며 여명을 알리는
물새의 외침

하늘 보고 바다에 눕는다
하늘과 바다의 경계
반은 하늘을
반은 바다를
한 몸에 부딪치는
두 마찰음

면도날로 반을 자르듯
냉기와 열기 사이의 뚜렷한
이 경계에서
하나로만 남아야 할
나의 일상(日常)이
조수따라 밀려가다간
다시 돌아온다

등불을 켜다

과거의 모든 출발의 회상이
까만 관을 깔고 앉아
등불을 켠다

퍼덕이는 상념의 돛대들
흰 새털처럼 날리는
가시지 않는
파도의 멀미

존재한다는 한 가지 의미로
쾌락을 느끼는 폐는
시체의 바람에 입 맞추고

사상(思想)을 꼬여 넘실거리게 한
하늘 푸른 빛은 액체로 흘러
꿈틀대는 파도의 한 끝을
유리잔에 퍼올려 섞으며

문살 뒤에 숨어
깊이 잠든 새벽
캄캄한 포구는
다시 등불을 켠다

다시 밤을 위해

밤새 파도에 시달린
어둠은
새벽녘 걷어 올린 그물에 누워
잠시 눈 붙이고

거친 숨결 뜬눈으로 지샌
해안의 소나무들은
퍼지는 햇살에
이슬땀 식히는데

사금파리 비늘 반짝이며
잠자는 밤을 위해
간밤의 지친 피로를
천천히 풀고 있는
새벽 바다

빈 소라 껍질 속에

지평에 걸린
마지막 잔광(殘光)
일직선으로 하늘 가르며 날아가는
유성의 어두운 그림자

들리지 않는
내적인 뒤틀린 음율 등지고
무거운 바다 날으는
물새의 늘어진 활개

눈먼 시름과 연민은
짖겨진 밤바람
검은 노도의 혓속에 빨리는
암울한 시대의 시간들

빛 바래 더욱 정결한
부목(浮木)에 실린
검은 바다
빈 소라 껍질 속에
새벽 바람을 채운다

나의 안식처로

보름달처럼 가득 채워진
술잔 같은 충족감이
자칫 넘치는 두려움,
별과 별 사이
무한의 공간에 누워 있는
바닷가의 현실로 돌아온다

검은 안개 거치는
숲 사이 불빛 깜박이는
안식처로 돌아온다

썰물 빠지며 두고 간
해조(海藻)에 감긴
덩굴조차 침묵하는
고요의 시간

앞뒤에 침묵이 있어
감동을 몰고 오는
바닷소리,
별은
어둠 복판에 피었는 꽃인 양
밝게 불탄다

생활의 패각

얕은 바다 밑
잔잔한 파상 그리며 개펄 기어갔을
고양이처럼 도사리고 앉아 있는
속 빈 집에 한땐 우렁이가
그가 떠난 뒤 소라게가 잠시 여인숙처럼
그마저 모래 위에
실날 담쟁이 덩굴 같은 자국 남기고
생활의 패각(貝殼)을 가출한 너희들은
이끼로 더럽혀져선가

배처럼 부풀어 절정까지
나선으로 감기고
어두운 금빛색이
바닷물에 씻겨 희부옇게 바랜
달걀 같은 살결, 무뎌진 마디지만
섞갈린 무늬 한 줄 한 줄은
금새 창조된 듯 선명하다

소라게처럼 사람도
껍질을 바꿀 수 있는 자유를 주는가
나는 내부에로 이르는
사색의 나선형 계단을 따라 든다

빈 마음

하얗게 부서지는
파도
솔잎 흔드는
바람
모래톱 가로질러 날으는
해오라기의 퍼덕이는
날갯소리
죽음의 흔적조차
밀물로 씻어내는
바다는
도시의 오탁을 저어낸
텅 빈 마음

파도의 모성애

묵은 틀의 껍질 벗고
들은 강물 껴안는 너그러운
어머니 품

새 식솔 맞으면
으레 요람기를 지우는
바다만의 수순(手順)인가,
출생을 기록한
모래톱 위의 호적을 핥는
에미의 혓바닥

바다 지나는 계절
계절과 시간을 바다로 만들어
과거를 봉인한 추억으로 물결치는
파도의 모성애

불면의 밤

떠오르는 햇살
하얗게 부수어
보석을 켜는
일상으로

가래질 시퍼런
안개 피우는
바다는
빗속
바람 속에
저 멀리 흔들리는 나뭇잎
망울망울 봉오리 턴다

노을 지면
핏빛 서둘러 지워 내고
달 뜨면
혀끝 감기는
바람
머리채 푼 신들린 춤사위로
밤을 설친다

실연의 술잔

느껍다, 바다여
설레어 울부짖고
불안에 떨어
닥뜨리는 죽음을 외면하는가

태평양 대서양
저 짙푸른 에게 해서도
바다는 하나같이
성난 비늘 번득여
뭍을 덥치려

허리춤 섬들 삼키고
모래톱 핥으며
벌린 두 팔 타드는 품에
빼앗아 감싸 안지 못하는

느껍다, 실연의 술잔
거품술 들이키며
패주(敗走)하는 바다여

바람은 옷을 벗고

바닷물에 손 담그면
햇살의 금실타래
손가락 가락가락 엉켜들며
뚝뚝 떨어져 부서지는
한낮의 해변가

바람은 옷을 벗고
알몸으로 누워
살을 태우며

물새 나래짓이 흘린
바람만이
물살 잠시 흔들었을 뿐
바닷속 물고기도
낮잠에 취해 있다

별 하나 낳으려고

부풀은 젖가슴의 풍요는
이윽고 질식의 익사체로
수평 너머에 가라앉고
그물에 걸린 짐승 같은 섬들이
몸짓할 때마다 아랫도리에 느끼는
파도의 숨결,
꼿꼿이 세운 혀끝에선
하얀 불꽃을 쏟는다

물고기 솟구쳐 한 입 물어 가고
물새 내려 코 박으면
파도는 길길이 일어서
갯벌을 핥는다

마디 풀려는 행위의 저지는
빈 바다에 시체빛으로 바래 가는
저 파도의 흐느낌,
거품 문 적개심을
준엄한 눈빛으로 달래는
만삭의 달은
바다 한복판에
별 하나 낳으려고 비르짖는다

첫날밤의 노도

파고에 꽂혀 표류하는
한 척의 노예선,
헛 노를 젓는 데
훔치는 자유

침몰의 위기마다
희열 충만되고
고조된 파도의 북소리
노 젓는 잽싼 율동에
마디마디 금이 가는
전율의 해체감

천둥 번개 휘몰고 온
폭풍의 돌개바람
캄캄한 바다에 토해 낸
초야의 붉은 색

결박당한 포승은
성난 파도에 풀어지고
쏟아 놓은 불빛
잦아드는 물살에
조각조각 슬리는 대로
떠 흐른다

바위섬의 신음

노을이 꺼지면
바다는 성욕을 일으킨다
심줄 속속들이 일어선 바다는
출렁이며 욕정을 느낀다

창녀처럼 발가벗은 알몸은
물풀처럼 흐느적거린
선정(煽情)의 몸짓으로
가슴과 가슴
포옹을 조여 온다

한밤중 힘줄 벌떡 뻗치며
으깨진 미세한 파편
절망들을 헤치며 누비며
덮쳐든다

절벽 같은 허공
피 토하는 파도 타고 앉아
물채찍에 애무 느끼는
바위섬 바위들의 신음 소리

자학의 바다

영락과 체념의 몸부림
탄식의 오열은
하늘을 울린다

뭍을 품에 안으려는
피맺힌 한
정복의 깃발 꽂지 못해
섬을 묶어
겨드랑이에 볼모로 잡은
바다

무능한 육체를 매질로
샅샅이 부숴내
자학(自虐)으로 미쳐 뒤집는
바다

분골의 거품 업고
둥실 뜬 사물(死物)들
한 척의 해적선이
등불을 켠다

바다와 별

바다 끝은 들려 있다
거꾸로 서서
바다를 이고 있는 바다는
포옹의 가슴 열고 있다

핏속 흐르는 응어리는 목줄에 엉켜
언제든 피멍 토해
빨갛게 물들일 바다에
이윽고 별들이 쏟아져 내리면
물길 열어 가라앉는 바다는
편편히 눕는다

안개 풀리며
윤락의 한 밤 굽이친 바다는
일어선 체모(体毛) 쓸며
신들린 곱추춤 춘다

몸 풀어
울컥울컥 꽃빛 게워
보석으로 반짝이는 바다는
빛으로 젖은 물살 출렁이며
눈을 감고 있다

9. 황무지의 꽃

황무지의 꽃

존재에의 길과 그 궤도를 벗어나는
방황의 길,
이런 호흡으로 가득 찬
이 방의 숨막힘

누덕누덕 기운 바람도 잦았는데
창 밖의 나뭇잎 터지는 소리는
내 안에서 불러일으킨 유일한 메아리다

존재하는 그것과 그것의
모든 의미를 회의하면서
환영의 울타리 숲에서 허비하는 시간들,
불면과 절망은 동의어인지
잠에서 추방된 내가 당하는
그 시간의 고문
빈혈의 징조

견딜 힘이 빠지면 시간은 나를 삼켜
존재에서 떨어져 나가는데
살아 있는 견고한 법칙
이 충격에서 흐느끼는 부정(否定)
꿈틀대는 것은 모두 소리를 내는가

내가 잠들었던 밤은
먼 기억의 뜬눈으로 지샌 밤으로

아무 것도 하지 않고
시간의 전진만을 지켜 보며
새벽에서 한밤중까지
바람 같은 연기 같은
안개의 과거만 만들어 낸다

캄캄한 절벽
불꽃 없는 불에 초점을 모으면
존재와 비존재의 다른 점은 없는데
다시 밤은 깊어 간다

도살장에 끌려가는 거부
그 뒷다리를 내려치는 채찍,
나는 멍에를 부수고 포효하고 싶다
폭발함을 알고 싶다

하나의 사고(思考), 하나의 존재는
현실의 형상으로 나타나
진실을 잃고 변할 때 느끼는 좌절감,
그래서 엄청난 일을 저지르고 싶다

생의 부지를 역겨워하는 에너지는
나를 혼돈에 빠뜨리고
집착을 털지 못하는 무기력한 이 때에
이런 열정이 공존하다니
마지막 시간의 가닥을 잡지 못하는
무능력한 패러독스, 의식의 유배(流配)

누군가는 괴로움을
소나기처럼 머리에 뿌리고
그에 부대껴야 하는 나는
늪으로 거푸 빠지면서
누구 향해 무엇을 위해 내출혈을 일으키는가

포기에의 집념
끓어오르는 포기에의 욕구
그런데 무엇을 포기할까
존재와 고통의 등식은
오류 없는 정답인데

사차원 세계라면 외박증 끊어 나와
하룻밤 잠시 쉬고 가는 빈손의 그 길인데
무엇을 어떻게 어디로 갈지
그저 아무 것도 않고
아무 데도 가지 말자

시작은 어쩔 수 없는 타의로 출발했지만
미완성일망정 허물어 버릴 그것뿐이던가
나의 시간인 이 순간
영혼의 꽃 한 송이도 피우지 못했는데
황무지 이 한복판에서
이대로 익사할 황토빛 한숨을
꼭이 토해내야 하겠는가

빙점에 서서

욕망은 시체의 늪 이루고
그 속에 허우적이며
피워 내는
한 송이 연꽃은
뜨거운 태양 아래
또하나의 욕망을 잉태한다

고요의 밤
바람 살살 불어
연잎 부채치듯 너훌너훌
달빛 속 연꽃향
비에 씻긴 요염 그대로
멀리 더욱 맑은데

영하의 그림자
불타는 꽃잎 뜯길 때마다
사르는 마지막 욕망
덩굴 가지 없이
깃 치듯 펴진 손끝부터 먼저 풀리는
소리 없는 저 절규들

사람의 아들

어느 이름 없는
고기잡이 나무꾼으로
구원이 없더라도
한적한 곳에
숨어 살고 싶었는데

사람들이 신보다
신이 사람보다
더 멀리 있을 것이라는
사람들은

신의 아들로 저들 앞에 나타나
피눈물 보고 싶은
새디즘의 울렁이는 가슴들
서로 비비며
구름처럼 모여 있음을
예수는
십자가에서 내려다보고 있었다

십자가에서 풀려나
비웃음의 시퍼런 비수를
온몸에 맞으며 떠나는
그런 생각으로 꽉 차 있을
예수는

신의 아들로
십자가에 못 박히면서
의심과 후회와 두려움으로 몸서리친
예수

신의 아들이라 의심치 않았다면
신의 아들임을 후회했을
머리 속에 뿌리는 빗줄기는
핏물을 씻어내고 있는데

예수의 그런 고통이
잠 못 이루는 사람의 고통을
훨씬 뛰어 넘는
평가 내려짐 모르는
사람들은

저 쓰라림 견뎌 내는
예수 앞에서
저마다 신의 아들의 권리를 부르짖을 수 있었을까

어둠을 사를 때

커튼 사이로 새들어 오는
실날 같은 빛에도
아파 오는 눈은
진한 꽃 향기에도
숨통이 막힐 듯하다

성냥곽만한 회백색 공간 속에
기를 꺾고 누워 듣는
벽 속에 갇힌
아벨의 맺힌 소리

갈보리 산정을 내리치는
피빛 번개 소리에
머리 복판에 맞추어 놓은
초점이 흔들린다

촛불은 연기만 내고
하얗게 쌓인 촛농이
어둠을 사를 때
거미줄이 입에
투망질을 한다

폐사(廢寺)

서까래 꺼져 패인 지붕마루
검푸른 기와 새
풀 키가 큰다

살갗 들떠 터지는
단청(丹靑)의 아픔은
범패(梵唄) 소리에 묻어 가고

대석 하나 동그만히
잡풀 덮인 앞마당엔
햇그림자 한 점 펀들거린다

새소리, 냇소리도
임 따라 가 버리고
부연(婦椽)의 녹슨 풍경만이
뎅경 뎅경
가 없는 설움에
목이 메인다

번 뇌

불빛은 처음에는
벌겋게 감빛으로 비치더니
한낮의 이글거리는 태양처럼
열기는 퍼붓듯 달려들어 사정없이
이마와 코 입술 핥으며 물어뜯는다

천정이 내려앉듯 누르는
번득이는 사금파리의 편린들이
수만 개의 보석으로 다시 부서져 떨어지며
그것들은 가라앉듯 다시 뜨는
부침의 반복을 거듭한다

이윽고 안개 속에 출렁이는 몸짓이
가쁜 숨을 고르자
목욕통을 흘러 넘치는 그것들은
물 소리에 모아져
수채 구녁으로 빠져 나간다

커튼을 제친
캄캄한 하늘이
멀겋게 한 쪽에서 벗겨지며
별 몇 개 떠 웃는다

깨어 보니

깨어 보니
거리에 사람 하나 없이
길바닥은 뜯겨져
골탈 머금은 이빨 드러내
피씩이 웃고
빌딩들은 서로 비스듬히 이마 맞대
찌그러진 웃음 침처럼 흘린다

퉁겨 부러져 나간
쇳조각들은
가로수의 정수리 찍어
꼬리 흔들고
지열에 녹은
시커먼 연기 모락이는
지하철 입구에는
통금 표지판이 나뒹군다

한바탕 천둥 번개쳐
깨어 보니
왁작지껄 떠드는
창 밖의 장송곡 소리
소나기가 까맣게 퍼붓고 있다

기형아

터지는 소리
우앙!

땀에 절여 비르짖는 산모는
핏기 잃으며
진통이 멎어 버린다

놀람을 감추려다
창호지 뚫어 버린
산파의 뒷손질
——선생님 얼굴, 목사의 숨소리

태양이 보인다
창호지 구멍만한
——신생아는 본다

눈부시다
모나지 않다
설마 저리 작을라구
——신생아는 생각한다

꿈틀 움직인다
다셔 보는 입 속이
소태같이 쓰다
——신생아는 느낀다

저 애가 설 수 있을라구〈산파〉
그래도 사내인걸〈산모〉

독수리 발톱의 발가락
태양을 움켜잡아
깨물어 버리려는
끊임없는 손의 움직임
──신생아는 제 머리가 크다고 믿는다

기형아들이 여기저기서
꾸역꾸역 나온다

또하나의 방주

다시 생육하고 번성하여 땅에 충만하라(창세기 일장 이십이절)

뱃전에 더덕더덕 붙었다가
절로 튕겨 떨어지는
저주의 침불꽃

배는 떴다
기우뚱했다
만선

폭풍우 속 잉여분을 쏟아 버린 배는
파고에 꽂혀
하늘을 치받는다

소금기에 절여 녹는
뇌의 허연 세포들
뒤틀린 나뭇개비 물살에 실려
지구 반경에 파묻힌다

까마귀도 감람나무 이파리도 없는
바다
하늘

이브의 강

무릎서 발끝까지 심줄 당겨지고
목은 뒤로 발딱 젖혀지며
신음 터지는 이브의 강

정직한 일상의 언어는 죽고
섬세한 손길 움직임만이
지뢰 매설돼 있는 살갗에서
키보드처럼 쳐지면
이윽고 구석구석
꽃뱀의 혀끝 날름이며
서리치는 전율

어눌한 여운이 춤추듯 곡선 그으며
영생으로 이어지는
그것이 몇 번 거듭 되풀이되는
썰물과 밀물의 출렁거림

시련의 고문도 잊으며
꺼지는 노을이
휴식을 취하는 지금
무엇의 번뇌가 또 휘감아 닦달할 것인지
네 벽이 조금씩
알몸을 죄어 온다

축성탄

교회 지붕 십자가의 빨간 불
여기저기서 일제히 깜박거리자
화계사 입구 내걸린 현수막의
붉은 석자는
자동차 전조등 비칠 때마다
순간순간 드러나는
오늘은 크리스마스 이브

화엄경문 외는 목탁 소리
먼 들판 눈밭까지
점점이 발자국 찍고
성경 말씀 사랑 은은히
어두운 밤 거룩한 밤

화계사 스님도
법당서 눈감고 합장하고
두 손 모아 기도하는
목사도 눈 감는다

낙엽을 태우며

피멍으로 얼룩진
낙엽을 쓸어 모으고 있다
탄생의 별도 없는
미라 같은 회색의 정적
오욕의 더미에 불 지펴지고
은 삼십 냥의 무게에
희열을 느끼는
웃음이 꼿꼿이 탄다
일순 흩어진 바람이
웃음 한 자락 찍어
골목 사이사이 누비더니
잿빛 하늘로 잦아들고
모반의 대오에서 비켜나
악취를 거부한
규환(叫喚)은
바람에 생리의 날개짓도 꺾여
차디찬 보도블록 핥으며
변사체로 떠밀려 간다
암울한 회상을 쓸어 모으고 있다
잔명(殘命)한 오염의 불씨도 쓸어 모으는
생명의 한 복판에 서서
준엄한 눈빛만이
먼지의 냄새를 털고
턴 먼지에 색을 칠하고 있다

축 제

노란 머리털 넘실거리는
어둠 속
모차르트의 진혹곡이
발등 문지르며
기다란 다리 사이를 긴다

한 여자는 어깨 힘을 주어
목덜미에 등어리 달라붙고
한 여자는 콧구멍 벌름이며
턱 힘살 실룩이고
한 여자는 무릎 새에
머리 디밀고 기도하고
한 여자는 미라 같은 얼굴로
허공의 희부연 연기 좇아
아랫도리를 긁는다

이빨과 속옷만 어른거리는
어둠 속
브람스의 대학축제서곡이
머리와 머리를 딛고
껑충껑충 뛴다

여자들끼리 이마 비비고
여자들끼리 입술 핥고
여자들끼리 배꼽 쑤시고

여자들끼리 손뼉 친다

구겨져 버린 메모 쪽지에
가래 늘어붙고
미로의 안개 피우는
꽁초의 검붉은 피
후벼 파낸 눈알이
찻잔 속에서 팽이처럼 돈다

여자들끼리 머리채 쥐어뜯고
여자들끼리 박치기하고
여자들끼리 식칼 휘둘러
방음 구멍 도려내고
벽을 헐어 환상의 햇살 들이고
바닥을 쿵쿵 뚫어
물을 퍼낸다

흥건히 고인 물에
저마다 배꼽 씻고
말라붙은 목젖 축이는데
베토벤 교향곡 제 구번 삼악장이
시작된다

마지막 소리

진한 향내가
죽음을 뚫는
마지막 소리
——초야의 옷깃 스치는 그런 소리

피와 살을 버무려 섞어 묶고
혼도 한데 포개어
교포(絞布)로 동이는 소리

목관의 삼줄 잡은
그녀의 넋을
덜그덕 끌고 가는 소리

들어가 누울
언 땅을 보습이 헤집는 소리

그 위에 숟갈 몽두리와
두 식구 연명시킨
연장통이 들어가는 소리

하얀 눈이 덮이는 소리

목내이(木乃伊)가 정해 놓은
연명(捐命)의 약속 시간을 재는 소리

꽃 뱀

비늘, 저 요괴스런
사술(詐術)을 털어 내라
그럴 듯이 살색으로 위장해 능청 떨며
사람의 눈 홀리는
저 위선을 벗겨 내라

전단처럼 지폐 난무할 때면
반짝 빛나는 탐욕의 비늘
신의 탄식을 외면한 채
까맣게 하늘 가리는
저 꽃뱀
훌렁 내장 쏟아내고 지폐로 채운
저 욕기를 저며 내라

음침한 뜨락 질척한 구멍에서
흙 파먹고 도사리며
궂은 날 홀연 이브 꾀이는
두 혀끝 날름이며 사람의 피눈물 핥아
예사롭게 유다의 강 넘나드는 사탄,
저 시커먼 독기를 뽑아내라

무지개색 화사한 망토로 휘감은
꽃뱀, 꽃뱀들이여
하늘은 그래도 언제나 푸르르다

번뇌장(煩惱障)

고기집 문에 드리운
대오리발 새에 낀
방갓 속의 주름살
나무아미타불

땀 마른 정강이에 이는
설렁한 바람
목탁 소리에 잦아들고

기름 번질한
보꾹의 선풍기는
외로 몸을 꼬며
후미진 장삼 속에 불어 넣는
열기,
번뇌의 불길

눈이 타며
혀가 타며
석가의 선(禪)이
흔들리며 탄다
관세음보살

성바오로 여관

맨살로 능금 속을 훑는 비음이
벽지에 송곳처럼 꽂히며 만들어 내는
무늬의 형상들

죽은 여인의 소름 끼치는
젖무덤의 경련,
환상이다

정을 불끈 쥔
미켈란제로의 팔뚝,
예술이다

피카소의 피에로
빨간 주먹코,
바로 그게 원형이다

안경을 찾아야지, 아니 눈을 감아야지
먼저 귀를 막아야지
잠 들어야지

미각 잃은 쇠파리가
커피 잔 이브의 입술 자국에서
진국의 단물 핥는 제 이십 팔호실

어느 날 모래 바람 속에

별을 볼 수 있는
그나마의 변두리마저
지금은 어디를 가나
별 헤기는 전설이 되고

산은 산대로
사람은 사람대로
열병으로 가랑잎으로
말려 비틀어지고

어느 날
태초의 무덤으로
막막한 사막의 에덴
모래 바람 속에
아담과 이브는
까맣게 까맣게
다시 태어나려는가

숫 자

시체 세 구가 또 나간다
어제는 네 구가
그제는 다섯 구가 나갔다

수치로 따져
한 구는 더 나가야
관 뚜껑은 다 열려진다

양쪽으로 질서 있게 누운
열 셋의 뚜껑이
오늘 따라 유난히 꺼멓다

바람도 없는 고요 속에
신들린 촛불이
향 내음을 사른다

주인 모를 관 모서리에
펑퍼짐히 엎드려 기는
파리 한 마리
취해 비틀거리더니 곤두박질친다
마저 열려야 할
한 구의 뚜껑이 닫혀진다

달 빛

오색 무늬 수놓던 달빛이
파도에 슬려 부서지며
오뇌의 뒤안에 눕는다

물결에 주리틀리는
구겨진 주름
서로의 손을 놓지 못해
으깨진 꽃자락을
주섬주섬 끌어 모으려다

숙소를 정하지 못해
물결 타고 앉아
흔들리는 요람에 쉬고 있다

10. 산은 울고 있다

산은 울고 있다

산은 울고 있다
비 내리는
산은
내 발목에서도
울음 소리가 들린다

비에 젖어
쓸어안고 있는
나무도 울고 있고
내려앉은 하늘도
검게 울고 있다

감추지 못하고
소리내 울음을 터뜨리는
산은
등에서 식은땀을 흘린다

산을 묻을 산은

나뭇잎 사이사이 보이는 것은
웃음거리, 신의 일회용 소도구
모래알이다

하늘에서 추락한
죽은 별들
햇빛도 감춘
사막이다

산자락 밑에서
피어오르는 내음은
목을 조여 오는
죽음의 사자다

새끼들 거둬들이고
뿌리 뽑아 정상으로 옮기는
산은 오므라든다

산을 묻을 산은
하늘 끝
까맣게 타들어
지평 너머로 떨어질
바다의 무덤도
하늘, 하늘뿐이다

새벽 산길

늘 걷는 그 길의
나무 바위 돌부리도 그대로인데
산 밑자락 그것들은
하루 멀게 독버섯으로
신기루처럼 자란다

떠오르는 해가
잎새에 앉은 이슬 핥으며
어둠을 거둘 즈음
아랫자락 그것들은
산을 향해 고개 든다

솔 이파리 산새 소리 안고
등성이 넘으면
산과 산이 겹겹이 벌떡 일어나
그것들을 눈길에서 밀어 낸다

이런 질서도 나의 내면의 분노로
언젠가는 허물어지겠거니
잔설 흩뿌리며 설중매 터뜨리는
그 시간 속의 시간을 위해
축배를 든다

날아라, 산새여

솔바람 새벽 서리
혼미의 산 속을
부를 이름도 잊고 떠도는
흐느낌이여

능선 헤매는
저 울음,
그때의 뜨거운 열정이
어둠 헤치며
햇살 한 줌 받아
언 땅을 헤집는
미로의 이 길목에

피맺힌 네 소망이
얼어붙은 하늘조차
터뜨려 깨려는지
날아라, 날기만 하여라
산새여

북한산 · 1

안개비 흩뿌리는
새벽 산길을
비옷도 없이 걷는다

젖은 바람에 흔들리는
솔가지 가지
병풍 쳐진 정상은
안개에 가려 더 높다랗다

골짜기 냇물 소리에
끊긴 산울음
흙바위 위에
신발 벗고 우뚝 선다

새벽 열리면서
우묵우묵 커 가는
북한산이
맨발 아래 엎드려 있다

북한산 · 2

머리 푼 햇살은
분합문 유리 뚫고 들어와
책시렁 바랜 책들 갈피갈피 훑고
가르멜 수녀원 잡풀 뜰
화석으로 굳어 눈물 고인
수녀의 발자국 떠낸 바람은
북한산 바위벽을 서걱서걱 핥는다

팥배나무 흐드러진 가지
네 계절 산호빛 결정들이
까치 주둥이에 여의주로 물리면서
퍼지는 햇빛에 빛깔 더하고
목련 잎새 너부죽 덮쳐 깔린
팥배 잎새는 제 무덤에 누으며
오금을 떤다

인수봉 쪽머리 돌아
밤새 하얗게 눈 부릅뜬 바람 따라
모과 내음은 담쟁이 넝쿨 흔들며
배낭 맨 어깨에 소리 없이 내려앉는
나이테에 부대낀 초침들의 흐느적임이
절절이 몸 속에 배어든다

북한산 · 3

깃 풀어 품안은
풀, 나무
잠든 절기

하얀 눈썹
벗겨진 이마
흩날리는 은빛 머리

간밤에 내린
서리조차
수빙(樹氷)으로
꽃피운 나목들

길 떠나는
산새 울음이
눈보라에 떨려
솔잎 틈 눈송이 흔든다

산 속에서

장마 걷히더니
매미 소리
한꺼번에 숲 속 뒤흔들고
골짜기 내리지르는
냇물 소리에
퍼뜩 정신 들어
나뭇가지 사이 트인
파란 하늘 본다

차마 내딛지 못하고
제자리에 헛걸음질로
주체할 수 없이 눈물 흘리며
서럽게 울던 그가
지금 이 산 속에 나타나 있다

신기루(蜃氣樓)

그가 떠난 후
설움이 가슴 뜯으며
달빛을 하얗게 벗겨
타래로 감는데
어느새 동녘이 터
햇살 퍼지면서

산이 있었고
바다와 강도 거기 있었는데
꽃과 나비, 봄볕마저
온데간데없이
새까맣게 타 버린
빈 터에

암울한 안개로 피어오르는
산과 바다
강물의 술렁임이 일고 있었다

그때 그 사람

눈 덮인 산턱 오솔길
그때 그 길은 그 길인데
다시 뜬 설악의 빛으로
녹은 그 길은
오늘은 짙푸른 그 길
나무 바위도 그대로인데
그 길 오르는 발짝 크기
하나만 다르다

낙산 앞바다 지평의 투명한 선도
밀려와 부서지는
보석처럼 빛나는 물보라도
그때 그대로인데
달빛도 가리운
똑같은 이 자리에 선
한 사람만
파도 소리를 듣지 못한다

품에 안겨 설악이 무너져라
모래알 씹으며 울던
저 바다의 눈물은
지금 다른 가슴에서도
흐느끼고 있을까

바람은 오늘도

북한산 칼바위서 자고 난 바람은
새벽 공기로 정갈히 씻고는
기도원 수녀원 뜰 질러
나의 등 밀고
화계사 쪽으로 튼다

비보호 좌회전으로 삼양동에 접어들자
도봉의 오봉 으쓱 어깨 나란히
길음까지 배웅하는데
그 이마 햇빛 받아 반질하다

길음에서 미아리 넘어설 때는
저만치 불암산 뒷산 자락이
선뜻 일어나 손짓하고
고개 넘는 바람은
차츰 답답해지는 가슴 쓸어내며
매연 기름띠 둘러썼는지
제대로 눈 못 뜬다

돈암 삼선 지나
혜화 로터리 신호등에 걸린 바람은
잠시 숨 몰아쉬고는
삼각산 오른쪽에 이어
인왕산 안산 금화산 줄줄이 잇는
창경궁 쪽으로 한 무리 진로 바꾸어

한강물로 가고

남은 바람은 남산 향해
역사의 내음 가둔 시멘트 뜯어
새 물줄기 내린
청계천 훌쩍 건너 뛰어
이윽고 나의 일상이 정체해 있는
을지로에 와 부리고는
남산 소나무 숲으로 머리 대고
길바닥에 길게 늘어진다

퇴근길의 반전으로
눈뜨고 숨쉴 수유리 나의 안식처와
북한산 골 깊은 그의 바람집 향해
오늘도 신설 안암 우이동,
구름 휘감은 오봉으로
바람은 오욕의 비늘 떼어 내며
길을 잡는다

드러눕는 산

휴일이 아닌데도
너나없이
꼭두새벽부터
산으로 몰려든다

앞서거니 뒷서거니
골짝에서 능선으로
떼지어 오르는
산은
만원이다

한숨이
나뭇가지에 잎처럼 걸리고
시간 메우는 우울로
질펀한 시장 바닥 같은
산이 된
산은

피할 데 없이
먼저 병들어
길게 드러눕는
산은
가쁜 숨 몰아쉰다

백두, 한라에 흐드러져라

동구의 새끼손가락 촛불에
타 버린 독재의 심장인데
오천년 우리의 우람한
팔뚝 같은 밀초여
그 심지에 불 지펴지는 날
하나 되는 날
형제는 얼싸안고
무슨 말을 먼저 할까

정화수에 황촛불 키고
지아비 아들 고혼 달래는
합장한 마디마디에 서린
피끓음의 오열이여

이빨, 맨이빨로 끊어 내는
철조망 백오십오 마일,
강물에 썩지 않고
눈 부릅뜬 냉전의 검붉은
저 시체들의 손짓은
죽어도 슬프지 않다

평양 서울
남북의 벽 뚫고 펄럭이는 깃발
목메어 가슴 가슴 껴안은
헤어져 서러운 한맺힌 소리도

이젠 가뿌다, 편하구나

중국 대륙 시베리아 유럽 가로질러
포르투갈 남단까지
하나로 키운 우리의 힘 뻗치며
달리는 통일 열차,
시퍼렇게 살아 눈뜬
변혁의 주역, 역사의 얼굴들
선행지 살피는
까만 불꽃튀는 눈빛들이여

쇠고리 비틀고
엉킨 매듭 풀어
임진강 녹슨 철교 달리는
저 귀 익은 기적 소리
칠천만의 가슴 끓고 간
너와 나의 애끓는
심장의 박동 소리뿐이더냐

독 도

동해물 끝 간 데
하늘 바다 하얗게 삭인 포말은
신들린 칼춤 추고
생머리 독도는
혼자 밤새 그렇듯 진통하더니
등대불 훌쩍 불어
새벽녘 몸 풀어 햇덩이 하나 쑥 머리 위로
한 줄기 금빛 불기둥 뻗는다
동도와 서도는
들끓는 바닷물 가운데
우뚝한 남근 하나 서로 껴안으며
해산의 기쁨으로 외롭지 않다
괭이갈매기 떼 감시의 섬 감아 날고
추상 구상의 기괴암들
눈 부릅떠 무릎 꿇을 줄 모르니
역사의 꼿꼿한 등줄기
왜곡의 혀놀림 뽑아
밤마다 분노의 바다 삼키며
새벽이면 절망을 그물처럼 풀어
핏덩이 하나 낚아 올리는
울릉도 동남쪽 우리의 끝섬 독도
그래서 혼자 슬프지 않다

마산 앞바다

마산 앞바다는 죽어 있다
구정물 토하다 토하다
숨 막혀 죽어 있다

육이오 때 그 바다는
펄쩍 솟구치며
시들은 물풀마저 느껴워
물살로 밀어낸
오리 떼 들끓는 바다였는데

산호동 굴뚝 삐죽삐죽 솟더니
녹슨 드럼통 수챗구멍으로
냄새야 나든 말든 꾸역꾸역 쏟아 붓더니
공장에서 짜낸
얄궂은 천쪼가리 걸치고 맵시난다며
죽은 바다 껴안고들 웃어들댄다

낚시대 꼬나든 피난살이 서러워
앞바다 너무 푸르러 밉더니
코 싸잡아 돌아서는
첫사랑 마산 앞바다는
바람도 바다도 구정물만 출렁인다

겨울 백록담

독수리 나래 감싸 안은
어리목 골짜기
눈꽃 망울망울 터진
사제비 동산 수림은
서리서리 품은 수액을
눈밭에 뿜는다

만수 동산 등진 눈보라길
안개 하늘 비탈길은
백록의 새하얀 치맛자락
안개와 눈꽃
하늘과 산
눈과 빛이
하나로 어우러
바다 한가운데 뜬
한라의 백록담

너울 쓴 나무들 시녀로 늘어 선
백록의 미끈한 발 윗세오름,
한순간 기척 없이 옷 벗는
살피듬 번들한 알몸의 요염스런 여체여,
지긋이 눈 감는 백록의 저 수줍음은
성욕을 돋구는 몸짓이다

혼을 뺀 사내의 욕기도 일기 전에

부끄러워 훌쩍 들쳐 입는
눈부신 안개옷이여
눈바람 흩날리는
대좌 위에 다소곳 앉은
백록의 우울은
하늘 끝에 닿았다
닿아서 얼어 눈 내리고
녹아 비 내리고

산에서
바다에서
그것도 모자라
바람 타고 눈보라 속에
윙윙 울고 있다

인수봉

출근길에는 등 뒤에서
퇴근길에는 정면으로
차의 속도만큼 달려들어
함빡 웃는
그는

동서남북 어디서나
얼굴 내밀어
나를 붙들어 놓고 있다

백운대 만경대와 얼굴 맞대어
북한 도봉 수락 불암이
동에서 북으로 돌아
서까지 펼친
병풍 한복판에
어른으로 늘 저렇듯 서서

집을 떠나 돌아올 때까지
나를 꼼짝 못하게 지키고 있다

산에서

아래에 대고 지르는 소리는
고저와 강약, 지속의 정도까지
어쩌면 저리도 같을까

뻐꾸기는 뻐꾸기 소리 하나만
그 소리 내고
까치는 까치 그것대로
한 가지 울음만 내는데
사람이 지르는 소리는
새벽 산 속에서만은 어째서
통일된 한 가지 소리만 내는가

가래 늘어붙은
만성 인후염으로 지르는
나 같은 소리는
산새들이 흉내 낸 것 같기도 하고
그들 울음을 내가 떠낸 것도 같아 역겨우면서도
가슴 조금은 씻기는 그런 멋으로
또 소리 지르지만

첩첩 굽이굽이 울릴 포효,
음성 음색 잘 고른 함성은
새들, 새들의 우는 소리에 잦아들었는가

백두산 용왕담

태고의 천상인가
용트림으로 빚어 놓은
한 폭의 백두여

신령한 봉우리 봉우리 우뚝우뚝
하늘 쏟아 부은 듯
하늘이 그 빛인지 천지가 그 빛인지
햇살도 곱살하니 용왕담 비취색 거울에
하얀 구름 두둥실

하늘에 떠 있는 못은
차라리 산 위의 바다다
쉼 없이 솟는 못물은
하늘님의 생명수,
서으로 압록강 동으로 두만강
그것도 모자라 동북의 송화강 물줄기 대어
중국의 삼위산쪽서 만주펄까지

남북 이만리 동서 오만리 다스린
옛 우리의 환국,
그래서 백두는 극동에 우뚝 하늘 떠받는
환웅이 신단수 아래 세운 신시(神市),
흰 옷의 종산이다

발기발기 찢기우는 아, 눈물의 깃발

용왕담 훨훨 저어 백록담 가는 비상의 날개짓
용솟음치는 한 얼의 맥박

장백 폭포 물보라만 쐬고
어찌 성산(聖山)을 그냥 돌아서랴,
몽골의 고비 사막, 만리 장성이 무어길래
오만 봉우리 산수 빼어난 계림을
어디 감히 예에 빗대길래

자작나무 전나무 숲 뒤로
곰녀 범사내 쑥 향기 코끝 감도는
풍화된 현무암 가파른 언덕,
숨은 턱 끝에 가슴 뻐개질 듯 어째서
단숨에 못 오름인가

눈 감기 전에 장백으로 돌아서 와
너와 만나 울었으니, 찢기며 서러웠으니
울 일은 이제 딱이 한 번뿐이지 그렇지
동서가 열렸는데 이제 남북의 핏줄 이을
백두여, 한라여

* 중국의 감숙성 돈황현에 있는 삼위산(三危山)과 백두산(三危太伯)에 이르는
  기름진 넓은 땅, 즉 북부 중국, 만주, 시베리아, 한반도 모두가 환인 시대에
  환국이 다스렸음.
  (桓國 → 韓國＝해뜨는 나라＝태양국＝근본이 되는 나라＝빛의 나라) 〈桓檀
  古記에서〉
* 천지＝용왕담

백 도

다도해 남단
삼도의 고요 터뜨리는
함대에서 쏘아댄 총알
비오듯 날아들면
기암의 구멍구멍 둥지 박차
하늘 까맣게 뜬 흑갈매기 떼의
부릅뜬 눈빛에
총알 되받아 쏘아간다

성나 튀어오른 물고기 떼
허기진 입질에
외적의 음흉
한입거리로 삼켜진다

흑풍 몰아치면 일제히
훌쩍 알몸으로 벌떡 일어선
백도(白島)는

세마치장단의 '가래소리' 뱃노래 크게 메기면
'어낭성 가래야'로 삼도가 받는
동백꽃 붉은 휘장을 어깨에 단
거문도의 첨병들
앞바다 가득 대열짓고 서 있다

모성의 노래

흙 속에 내린 오천 년의 뿌리
귓불 콧날 간질이는
모성의 노래에
잠드는 잡풀들

어둠 밀어낸 새벽에
입술 자국
누구의 지문도 없는
원시의 풀섶 가르며
덮쳐 오는 문명의 마수

알몸으로 끌려
열상 입고 스러져 가는
여린 잡풀들의 신음 소리

산을 자르고 숲을 찢고 허무는
개터필더가 쓸고 간
검은 시체 위에
펴는 햇살조차
검게 오염된 빛 거둬
구름 속으로 사라진다

호모 에로틱스

뒷다리로 서서 걸어
심줄, 살이 강하게 부풀고
성대 커지며 발성의 힘 받아
언어의 길 열린
호모 사피엔스,
불로 추위 이겨 내고
고기 곡식 먹음으로 분비된
내분비선 물질의 능력은
어느 때 어디서든
바라 구하려는 마음만 들면
붇고 늘어서 퍼지는 종족보다
쾌락의 성애로,
피둥피둥 몸 불며 생기는 관능미
꾀어 속임, 호리어 끄는 요령 받더니
숭숭 털 빠지는 변화로
부드러운 살결 곡선미는
사내 녹이기의 무기로,
호모 에로틱스의 찬가는
거리거리 흐느적거리며 퍼지는데
칠십만년 전의 침팬지 고릴라와
사람의 유전자 차이는
1.5 퍼센트밖에 없었음을
저들은 까맣게 모르고 있다

수유리

잎 보기도 전에 멍울 터뜨린
목련의 너부적한 꽃잎,
바람이 할퀴는 듯싶더니
하루 아침 개나리 진달래
정원 알록달록

진달래 빛 가시기 전에
철쭉 피어 요염해지고
어느새 뒹구는 살구꽃 앵두꽃 구별이
벚꽃과 더불어 어렵다

뒤이은 모란 장미
화사한 햇살에 휘감아 졸고
잔디 밑둥서 동면한
개미들 켜는 기지개 한창인데

인수봉 대머리 비껴
북한산 솔밭 타고
가르멜 수녀원 거쳐 온
새들의 은밀한 얘기들이
석등 머리에 춘곤을 몰아주는데
수녀원 종소리
오늘 따라 더 은은하다

11. 살아 있는 날의 풍경

살아 있는 날의 풍경

저물기 무섭게
나를 끌어내 휠체어 미는
그의 손이
오늘 따라 꽤나 차갑다
무언가 혼란 일으키는
그의 눈이
건성건성 병원 벽을
휙휙 지나치는 것 같지만
실은 활동 사진이 돌아가는
시작에서 극적 상황의 끝까지
단숨에 전체를 내다보는지
과거서부터 차곡차곡 쌓여 온
기쁨 슬픔을 조금씩 풀어
허연 벽 가득
영상으로 채운 사연을
부리나케 지우고 있는
그의 가슴에
뭉개 떨어진 자국들이
다시 피멍으로 새겨지는
살아 있는 날의 풍경들,
그의 어깨 스쳐 지나는
뭇 얼굴들에 비친 빛들은
어째서 흔들리고 있는가

달빛타기

달빛은
병실 창문을 소리 없이 열고
내 옆에 와 비스듬히 눕는다

돌아가신 어머니와
헤어져 서럽던 그이
또 추적해 오지 않는
주위의 도깨비 같은 익은 얼굴들까지
거느리고 와 함께 누우며
답답한 가슴을 토닥인다

밤마다의 이런 반복은
혼자 꾸미고 연출하며
시중드는 그를 유일한 관객으로
이윽고 막을 내리며
달빛은
박수 갈채 쏟아 부으며
비로소 나의 영혼을
여백에 눕힌다

아킬레스 건

이 길이
가는 길의 끝인지
그렇담 이쯤 해서
지나 온 궤적에서 멈췄으면
싶은 바램인데

얼굴 한 쪽 퍼냈으면 그만이지
꼭이 발목까지 내려가
호모로스 일리아드의 영웅
아킬레스의 저
치명적 약점까지 들춰 내야
예정된 개작(改作)이 끝나는가

산 너머 산
우주 공간은
끝없이 넓기만 한데
이제 시험은 끝내자

넋두리

참으로 가엽구나
예 와 한 번 누워 보지 못한
못난이들이여
어찌 그게 문명의 수혜자인가

먹여 주고
재워 주고
입혀 주고
요것저것 챙겨 주는

시키는 대로 하면
얼마나 편한
이런 일이
바깥에는 또 있겠는가
나머진 의사 간호사 알아 할 일

내가 가진 나만을
최후까지 지키고 있으면
예 누워 있는 팔자는
상팔자란 넋두리만 나올 밖에
무엇으로도 대신할 수 없는
그에게 미안한 그것 말고는

내가 가는 길

병문안보다 죽음의 고별로
잊었던 얼굴 목소리들이
병원으로 집으로 전화로,
빈 웃음 주름 겹겹
나의 속내에선
무엇이 훨훨 타들고 있었을까

언제 반전 일으켜
하찮은 나의 끝 거둬 갈지
절제 후의 일상은
외줄 타는 피에로다

한꺼번에 인대마저 칼 들이 대
깁스한 회발 보꾹에 거꾸로
삼복 이겨 내는
일 년 한 해
갑년 모두 채운 병치레 지겨워
우그러진 목발의 죽지

칼날 다시 날름대면
그땐 훌훌 모두 털고
순순히 가는
내가 가는 그 길을

대학병원에서

입구 들어서면
나를 본 병동이 한꺼번에
몸을 틀기 시작한다
어느 동은 알몸으로
또는 총칼로 무장해
일제히 나를 향해 덮쳐 온다

새 순 싹튼 지 어제인데
어느새 낙엽 지는
사막 같은 저 병동서 비 맞던
그 시간들이
내 얼굴 복판으로 지나간다

시멘트 더미 속에 껴들어
미처 피지 못한 널브러진 빛을
주섬주섬 모아 주머니에 넣으며
문을 들어서는데

백색 테러리스들이
충격 망치와 고문 밧줄 흔들며
한 줄로 늘어서서
나를 보고
너덜너덜 웃고들 있다

달라진 것이 있다면

올해도 매화는 조랑조랑 피었으니
달라진 것은 아무것도 없겠다
떨어진 꽃잎은 날려 흩뿌려지고
진 자리에 매실 고것이 파랗게 매달릴 테니
달라진 것은 없겠다
지난 이맘쯤 저것들 활짝 폈을 때
큰애 시집간 것 말고는

그 자리 그대로 살구꽃 팥배꽃도
모과나무 잎새 붉은 부스럼도
올해 그대로일 테고
꽃 먼저 피어 바닥에 혼기(魂氣) 잃고
늘어지는 목련 또한 달라진 것은 아무것도 없겠다
내 나이 올해 몇인지 늘은 그것 말고는

둘째애 임자나 만나
저 잎새 한참 붉게 물들 때쯤
제 길이나 갔으면,
또 아들 그것 하나 졸업하고 무어 할지
속 시원 똑 떨어지게
기대 좀 걸어 보는 그것뿐이지
달라지는 것이란
저 푸르른 하늘 한가운데 떠가는
흰 구름 구름들이지

늙는다는 것은 나쁘지 않다

별빛 지기 전에 나와 반짝이는 시간에 드는
대문 색깔은 흰색이었나 검정이었나
발바닥 물집 군살로 뭉치면서
거를 것 걸러 내고 보탤 것 더해
투덕투덕 쌓은 인고의 세월

머리칼 나이테에 촘촘히 달라붙어
해 갈수록 빛나는 편린들
그래서 늙는다는 것은 나쁘지 않다

골다 메이어가 이스라엘 수상된 나이
일흔 한 살이었고
아흔 네 살에 연극 한 편 처음 무대에 올린
조지 버나드 쇼,
여든 한 살에 미국 헌법 초안 만든
벤자민 프랭클린,
그래서 늙는다는 것은 나쁘지 않다

언제가 아닌 무엇에 있음을 새겨
앞이 안개로 가득한
먼 길 가는 뛰는 가슴들은
젊음만 내세울 시간이 없다

한 해 끄트머리에서

휙휙 빨리도 가는데
그냥 가는 것도 아닌
핥고 씹고 떠나는데

힘겹게 쌓은
흔적마저 슬쩍 지우고
입가의 핏자국 훔치며 가는데

가다가는 다시
돌아옴을 믿어선지
잡아 붙들 엄두 못내는
이 한 해 끄트머리에서

갑년이 한 주기라면
이제 겨우 세 살인데
또 한 번 한숨이
허공에서 풍선으로 터진다

한 스무 해 지나고 보니

고것들 어릴 적에
산과 바다
공원 여기저기
안고 끌고 다니며
여기는 어디고 저기는 거기라며
맛깔스런 요것저것
하루가 한 시였는데

오늘은 고것들이
우리를 데리고
그때와 사뭇 다른
여기는 이렇고 저기는 저렇다며
요 맛은 떨떠름하고 저 맛은 갔다면서
방부제 없는 이 맛이 어떠냐며
이런 것 저런 것
건네주고 먹여 주는데

강산이 두어 번 변한다는
한 스무 해 지나고 보니
빛살도 바람도 예전찮은 오늘
이젠 고것들이
손까지 잡아 부축하며
우리를 몰고 다니네

역순의 세월

그는 나더러 발악이란다
하루도 거르지 않고
맨발로 산을 타는 나를
늘그막 최후의 몸짓이란다

삼삼히 물꼬 트며 오르내리는
기쁨의 음미는
권세보다 거센 힘 분출시켜
죽음의 끝도 끄떡 없이 이를
젊음의 끓음인데
늙지 않겠다는
마지막 꿈틀거림이란다

이런 끝없는 역동의 움직임은
하루를 둘로 쪼개어
삶을 배로 누리려는 것도 아닌데

어찌어찌해 건성 묵힌 세월이
가슴 속에 응어리졌다가는
서서히 녹아
미처 거르지 못한
찌꺼기의 한 뿜으며
밤마다 어둠벽에 펜 끄적이며
회한의 편린들을
도닥이고 있는 것일까

그는 나를 보고 미쳤다고 한다
밤마다 물기 내며
거르지 않고 산을 타는
나를 두고 염치없는 짓이란다

별들을 밀어 내는 뒤안의 숨가뿐
태양의 저항으로
이 밤도 별들은 자지러드는데
가랑잎 바스락거리는
늦가을 문턱에 서서
번뇌의 불꽃을 끄려는
바람의 요사스런 강새암이여

늙는 애태움보다 역순(逆順)의 안간힘,
마지막 분출의 흐느낌이거늘
그는 밤마다 나를 두고
혼절(昏絕)이라도 할 거라며
혀를 찬다

이순 ^(耳順)

언어를 파괴도
고문도 못한
오늘
이제 와 깨달음은
권태의 가시관을 쓴
그때도 알았었는데
헛소리의 공허한 울부짖음
핵심의 둘레에만
머리 앓으며 맴돌던
회한이 등골을 오싹해 한다
캄캄하구나
답답하구나
쉼표들만 널부러졌을 뿐
마침표 한 점 없는
지금
또 무엇을 위해
익명의 시간 속으로 묻혀 간
무의미의 길고 지루한 그 작업을
다시 확인할 시간이 남았는가

어느새 머리에는

하얗게 바래 가는
애증의 빛깔 덧칠하며
푸념의 한 올 두 올 벗기던
북창동 삐걱이는 중국집 자리는
이십층이 들어섰고
와이앰씨에이 돌계단 오르는
하얀 드레스 자락의 펀득거림
내 눈에 박힌 그 뒷꿈치 놓칠세라
옥상에 턱 걸고 눈 부릅뜬
건너편 기독교 방송국도
새로 지어 옮겨 가고
한길로 확 뚫린
제기동 불꺼진 뱀꼬리 비포장
그의 집 드는 골목길에 내리쌓이는
함박눈 위에 덜퍽 주저앉아
발버둥치며 떨구고 간 뜨거운 눈물
아직도 영롱한 이슬로 살아나고
허구헌날 소주에 절어 헤매인
옛길은 간 데 없지만
눈 속의 어젯일은 오늘 같은데
어느새 머리에 한 밤새
눈발이 흩날린다

사십 년 후

사진 한 장 그나마
서른 해의 풍랑 견디다 못해
불에 지펴 후회 없이 날렸다면서도
가슴만은 그를 놓치지 않았다

십년의 그후
책더미 속에 삐딱이 머리 내민
두 권의 책 표지 안장에
그 이름 그의 사인이 순간
꿈틀 일어나 목을 감는다
　　1959 김동명의 '세대의 삽화'
　　1961 전영택이 서문 쓴 이종범의 '외바우 환상'

반세기 지난 종이에서 풍기는
뭉클한 그의 몸내
코에 감기면서 등뼈 훑어 내고
행간 빠져 나온 활자들은
그의 목소리로
가만가만 냇물로 흐른다

그렇듯 지우려도 되살아나는
그의 미소 그 열정은
마흔 해를 훌쩍 넘기고도
그때 그대로인데,
나의 머리칼만 이렇게 세었겠지

자칫 삭을지 모를
부활한 뜨거운 첫사랑의 가슴에
다시는 지울 수 없이
빛을 터덕터덕 바르는데
빈 가슴의 싸늘한 바람은
육십년대 별 뜨는 풍경만을 그리고 있다

추석날

추석날 어머니 묘소에 절하고
한 달 전에 죽은 매형집에 들러
어머니보다 두 달 전에
매형보다 스무 달 전에 세상 뜬
누나와 합장한 매형의 무덤 앞에 섰다

새 떗장 입힌 지 얼마 안 된
봉분 둘레에
주렁주렁 매달린 풋밤송이들
자손 귀한 문중이라
낳는 대로 낳아 키운
일곱씩 되는 누나네 조카들이
댓돌 대청마루 여기저기
소복으로 하얗게들 널려 앉아

불시에 멎어 버린
연가(戀歌)의 여운 기울이며
사십 여년 교장을 지내
꽤나 되는 매형의 퇴직금 탈 날을
나름나름 생각들 한다

누나 살았을 적에
새 집 짓거들랑 불편 없이 와 지내라는
침 마르도록 뇌이던 누나는
매형의 출근길 배웅길하고 돌아선

김장 장갑 낀 마당 한 쪽에
깜짝새 운명하자

넋 잃고 먼 산 바라보던
매형의 눈 속에 떠오르는 시집오던 날,
누나의 한풀이라며
한 차례 쓰러져 가누기 불편한 몸 추스려
진작에 잡아 놓은 터에 땅 고르다
상량도 못 보고
그마저 눈 감았다

숲 속 흐르는 개울
별천지 같은 명당 자리에
누나의 원풀이 새 양옥 반듯 드러나고
누나 생전에 셋은 치웠으나
홀아비 밑의 넷은
한날 한시 합동으로 치렀음 한
주변 없는 매형의 답답함이
구옥의 처마 끝마다 설렁한 바람 안고
밤송이처럼 주렁주렁 매달렸다

어머니 · 1

몸져 누운 막내의 병실 문고리에
애끓는 구원의 자국
욧닛 시친 홑천에
열 손가락 땟국이 진하다

살 길 찾아 흩어진 둘째네
빚쟁이의 방패된
합죽한 입이 외우는
염불 소리에
일흔 넷의 찌든 주름살

맏손자 몽달 무덤 봉 다독이는
짓물른 눈이
황토길 치닫는 차창 밖이
부옇게 서려 보이고
맏며느리 슬픔 달랠
오만 가지 생각이
지아비의 제삿날을 잊는다

눈 감으면 어른거리는
햇무리 속의 환상
맏딸 둘째딸 먼저 보낸 마음이
마냥 송구스러워진다

어머니 • 2

어머니 가신 지 다섯 해 지나도
당신 기리는
시 한 줄 못 쓰고 있습니다
추사(追思)할 숱한 사연들이
봇물 터질듯 산으로 쌓였건만
어디께서 시작할지 엄두나지 않아
가슴만 쥐어뜯습니다

술술 써져야 할 송시(頌詩)들이
원고지 종이쪽 앞에선
캄캄한 절벽으로
장미꽃 어루만지시는
당신의 따뜻한 손만을
꼭 잡고 있습니다

당신을 애타게 부를
써야 한다는 몸서리침이
생시나 꿈 속에나
당신 흠모의 정으로만
가득 가득 차 있습니다

어머니 • 3

어머니, 모두 예 모였습니다
둘째누나만 없습니다
큰누나와 어쩌면 똑같이
김장 장갑 낀 채 홀연히 떴습니다

어젯밤 비 씻은 듯 개어
솔잎 향내음
새들 지저귐도
예 우리 같이 있습니다

사십 줄에 하늘 여의시고
팔십 평생 뼈 깎고 핏줄 터지도록
빙판에 쓰러진 우리 위해
불사르신 모정이여

오늘은 사십구제
짐 풀고 극락 가시는
오늘 가시는 길

영원히 가시는 듯 바람처럼
다시 오실 어머니는
언제나 우리 곁에
백합으로 피었습니다

어머니의 옥색고무신

대청마루에 계시던 어머니는
친구집서 활짝 웃으시고
뜨문뜨문 을지로 수유리 길을
옥색 고무신으로 걸으신다

가녀린 몸 바람에 날릴 듯
여든 셋의 인고 딛고
해수기침 날리며
안방 텔레비전 앞에 계신가 했더니
어느새 뜰에서 잡풀 뜯고 계시다

홍성 시골집, 큰아들집
꽁꽁 얼은 섣달밤 뒷간길
헛딛은 돌계단 아래
짚풀처럼 스러지신 자리
옥색 고무신 나란히

새로 장만한 큰아들집 뒷산에
묻히고 싶으서
하루 아침 홀연히
내둥 계시던 막내집 떠나
그곳에 벗어 놓으신
옥색 고무신

뒷산 유택 풀이

몇 해씩이나 돌고 떴는데
서울 거리거리
막내의 친구집 건넌방에
어린애처럼 웃고 계시다

두 손 고추 받쳐
동네방네 버선발로 뛰신 어머니,
장난꾸러기 막내손자
떡 벌어진 어깨 토닥이시더니
손잡아 이끈 유치원 아이
여대생된 큰애 보시는 눈길이
집안 여기저기
당신의 손때 반질하다

발짝 소리 없이
훨훨 먼저 간 큰딸 둘째딸 앞세워
예쁜 새로 날으실
어머니의 훈훈한 입김이
내 곁에 안개로 피어오르며
친구 어머니 모습에서
거리의 여느 어머니 걸음에서
주춤주춤 나를 멈추게 한다

시집가는 날 · 1

신혼 여행길서 돌아와
요것저것 눈때 손때 반들한
보이는 것 다시 만져 보고
숨은 것 비집어
이리저리 뒤척이는데

이층 제 방 창문 키를
어느새 웃자랐는지
팥배꽃이 구름처럼
온통 하늘 가득 찼다

연못물 빨갛게 물들인
흐드러지게 핀 철쭉에서
지난 시간들을
가만가만 다시 걸으며
엊그제의 추억이
파란 잔디 위에
부채살처럼 펼쳐지는
그때의 그 빛 그대로

영원히 떠나 다시 못 올 집인 듯
돌아보고 또 보며
뒷좌석 모퉁이서
소리 없이 꼭꼭 찍어내는
첫것의 뜨거운 눈물

약혼식 결혼식날도
시원스러이 주름 편 제 엄마는
첫 살림난 그 벌판에
이제껏 품은 첫것 떼내어
댕그머니 남겨 두고
빈 가슴으로 돌아서는
차 안에서 처음으로 터뜨렸다

눈물이 헤드라이트에 드러나
수정빛으로 빛나 스치며
백밀러에 부딪치더니
그것이 이번에는
내 눈에 달라붙어
달리는 앞길이 안개밭이다

누구도 그랬는가
우리는 이랬는데
언젠가는 너도 그러겠지
슬하 떠나는 그런 아픔
보내는 우리의 이런 가슴을

시집가는 날 · 2

안 올 데도 아닌데
못 올 데도 아닌데
헌 옷가지며 신발짝
책들마저 주섬주섬 싸들고
떠나가는 네 눈에도

너희가 골목 돌아서자
네 방으로 뛰어 올라
빈 침대의 네 체온에
눈물 파묻은 엄마도
할 일 없이 정원 건성 걷는
내 콧등도 시큰거린다

가만한 너의 언어들은
꽃잎처럼
네가 뿌려 놓은
때 묻은 기억들까지
더듬는 눈길에
정원수들이 겹쳐 흐려지며
떨어지는 꽃잎에
그래도 엄마의 비는
조금은 내려 묻었겠지

네 동생도
얼마면 떠난다 할 제

둘만의 휑한 이 집에
벌써 빈 바람 차고드는데

술잔 거푸 비우는 적적함은
너희가 자라 온 시간들의 역사를
한 번쯤 되돌려 보는
술회의 자리인지
대문 삐걱거리면
맨발로 뛰어 나갈 채비도
어찌 너희만 못할까 보냐

그 이름 이미 지워지고

며칠 전 만난 그였는데
그 이름 이미 지워지고
미처 지우지 못한 이름들은
허무의 늪에 소리만 맴돌 뿐
지금 어느 빈 벌판에 서 있는가

백지의 기억에 흠집 내어
기억까지 지을 수 없는 그 이름은
그래도 살아 주어야
회한의 갈피에 서린 한을 달랠
그 이름 석자는
어째서 저렇듯 진하게 뜨일까

부인하고 죽이고 지워 없애려지만
관계의 고리를 벗지 못하는
지우기와 찾기의 끊임없는
반복의 되풀이여

까맣게 지웠지만
맺힌 자리에 남은
미완의 서러움이
마지막 운명의 순간에도
그 이름 왈칵 소리내 부르며
한 줌 재가 될
뜨거운 가슴의 편린들이여

살아 있다는 사실에만 눈 돌리면
어제는 사라져 이미 없으며
내일은 오지 않아 존재하지 않는
지금 이 시간이
영원의 지금이니

무엇을 해도 하지 않아도 되는
살아 있는 동안이 살아 있는 시간인데
손 대 없앨 수 없는 맺힌 응어리는
차마 건드리지 못해
머리에서는 지우고
가슴에는 품었는지
오늘도 오라는 데 없는데도
어정거리며들 어디를 서둘러 가는가

자고 나면 으레
옆자리에 있어야 할 그들인데
돌계단 비스듬히 더러 들던
그나마의 빛도 사라진
지하 역구에
모자 푹 눌러 쓰고
무임승차의 순서 기다린다

고희의 귀환

무슨 세미나로 이십여 년 만에
그 서럽던 피난길이지만
첫사랑의 푸른 파도 넘실거린
마산 산호동집을 찾았더니
흔적 없는 초가 자리에
여관 같은 것들이 들어차
바닷갈매기의 울음 막고 있다

피난길 접고 올라와
이집저집 셋방 전전하다
어렵게 집 장만한 한참 만에
때 묻은 정들이 그리워
셋집들을 두루 찾았더니
어디가 어딘지 지문도 몰라보게
아파트촌으로 둔갑해 있다

중학문을 들어 피난가기까지
꿈 키워 온 둥지,
귀소본능에선지 고희(古稀)가 돼서야
비켜 앉은 독립문 그 옆에
아예 집을 틀고 앉았는데
인왕 남산
하늘의 푸르름 뜨는 구름도
변함없이 예전 그대로잖은가
반세기도 넘었는데도

까마득히 들리는 6.25의 포성,
파편에 찢긴 살점 드러난
주검들 헤치고 탈출한 1.4 후퇴,
그때의 행촌동집 골목에 들어서자
갑자기 햇빛이 파편으로
허공에 확 깔려 있다

어림잡아 따지는
우리집 앞 오거리 주변들
9.28 수복 때 불바다 잿더미에 들어선
건물들은 이미 낡아 가고

분노의 눈 속에
변하고 없어진 모든 것들이
기억의 산 영상으로 또렷히 박혀
그때의 그 길을 더듬는데
부옇게 앞이 흐려지는
아, 그때의 벌거벗은 친구들
이 골목 저 골목에도
비치지 않는다

12. 무한 속에 날고 있다

무한 속에 날고 있다

선은
종점 없는
영원을 향해 달린다
무한을 뻗을수록
선의 강도는 높아지며
곡선과 그 파장은
일직선으로 펴진다

시간 공간의 무한성은
과거 미래의 모든
가능성을 부정한다

보람의 확신도 없이
영원을 뚫고 뻗어 가는
선은
휴식도 없는 무한에서
목적 없이 날고 있다

한 줌 재마저 날릴 때

잃을 것이 없다
이미 모든 것을 태워 없애
재만 남았다

꽃이 벙긋 피어오르든
무슨 상관이랴
이미 불꽃으로
열기의 충만을 느꼈으니
애석할 아무 것도 없다

타 버린
한 줌의 재마저
미련 없이 불어 버릴
돌개바람,
끝없는 저 여백에
나를 감아 날릴 때 느낄
희열만 남아 있다

속절없음이여

하늘을 보아도
쇼 윈도우에 흔들리는 나뭇가지
취해 비틀거리는 보도블록에도
너의 내음으로 온통
번지는 슬픔은
원고지 빈칸 칸칸이 핏물로 적셔
찢고 찢겨지며
너덜너덜 헤어지는 가슴
맥 풀린 다섯 손 끝에 벗겨지는
속절없는 나이테여

좋은 날

그렇게들 어렵게
훌훌 털고 빈손으로
여기까지 와
그래도 쬐끄만 기쁨은
안아야 할 가슴이 있잖은가

지하철표와 차 한 잔 값의 호주머닛돈
시원한 맥주 한 컵
빗속의 데이트
넉넉한 주차 공간
달밤의 억새풀

우리 위해 그것들은
지천에 널브러져
어느 하나 선뜻 내게 다가서는
오늘은 참 좋은 날이다

강변에서

갈대의 몸부림
바람의 빛나는 윤기와
더러 그때
그 새들의 밀어가 떠도는
창 밖에
수채화 같은 노을은
서서히 커튼을 닫는다

별과 달빛이 갈대의 등을
보드럽게 보듬고
젖은 까만 물빛 쓸며 흔들면
윤기 벗은 검은 바람은
찬 공기 피해 갈대숲으로 모여들고

갈대의 끊임없는 저항과
어둠을 밀어내는 물빛은
시나브로 본색을 드러내는데

그때 그 기억의 새들은
둥지의 지표도 버리고
안개처럼 흐르는 검은 빛 삼키며
잠들고 있다

에인젤 피시

형광이 밝힌
우유빛 네모 유리 속의 자연
두 가닥 긴 꼬리 안테나가 재는
영상 이십도는 열대의 고향

베토벤 '환희'의 선율 탄
날렵한 그의 몸짓은
오케스트라의 지휘인가
무도(舞蹈)의 선유(船遊)인가

뽀글거리는 물방울에
흐느끼는 물풀은
그에겐 여인의 머리카락

녹색 풀기둥 샛길에
검은 줄무늬 우아한 연미복은
턱밑 한 가닥 긴 제 촉수에
혼교(魂交)의 애무 느끼면
연미복 두 자락 끝 너풀대고

너 어항 속 UPSTART 이세(2世)는
눈마저 감을 줄 모르는가, 너 이세도

보릿고개

이랑 속
털 안 난 영혼을
그륵그륵 갈아내는
날 빠진 보습이
뙤약볕에 번쩍이면

함지 인
만삭(滿朔)된 처녀의
기미 자리 더욱 진하고

보리떡 한 덩이에
뼈걸이 아이 배때기가
누이 모양 불룩하다

깨어나는 버릇

뉴스가 끝난
6시 5분에 일어나는 버릇을
뉴스 없는
5시 6분에 깨어나자

세상 돌아가는
먼지들의 소리
옆으로 제쳐 놓고

한밤중에
바다에 배 띄어
K2 정상의 만년설 보며
빙벽 타는 연습도

다시 지나지 않는 햇살
가슴으로 막아
비쳐 온 뜻 되새기는
5시 6분에 눈을 뜨자

비에 젖는 우리 모두

누구의 총알로 구멍 뚫린
벌겋게 녹슨 철모 나뒹굴고
발가벗긴 화통의 잔해 주저앉아
발버둥도 먼 기억에서 멈춘
비무장 지대에는

총부리 서로 겨누며
형제 얼싸안고 쓰러진 자리에
백골이 허옇게 드러나
비에 젖는데

육순의 어린 자식 부르는
청상의 팔순 에미
목이 터져라 외치는
피붙이들의 저 아우성

누구의 발길도 묶어
무덤처럼 깊이 잠든 숲은
한 핏줄 피끓는
남북의 소리 못 듣고
강물도 바람도 새들도
숨 몰아쉬며
사차원에 모두 정지해 있다

창세기 이후

아스팔트 길 위로
성과 상식과 가치와
무차별 살생이 뒤섞여 떠간다
물 흐름은 강이나 바다 끝인데
그들 떠돌음은 무한의 유희인가

아이도 춤춘다
학생 교수도 춤춘다
에로티시즘의 교정쇄에서 탈출한
오자 탈자 복자도
덩달아 춤춘다
덩실덩실 춤춘다
장단 맞춰 잘도 춘다

대기 안에
날짜 시간의 약속 없이
그것들 두둥실 떠도는데
한 껍질 지구 벗기면
초연 자욱한 불모의 들판
폐수의 계곡인가
타임머신으로 되돌린
창세기 우유 흐르는
숲 속의 에덴인가

시인 전봉건

비걱거리는 계단 현대시학사에
낡은 스토브 하나 껴안은
전봉건이 있었고
남한강 줄기 돌밭 어디든 으레
쇠꼬챙이 들은
전봉건이 있었다

휠체어 탄 전봉건은
돌을 만나러
서울대학병원을 훌쩍 뛰쳐나와
남한강 돌밭으로 돌아가

강물 마르면 침으로
그것도 마르면 오줌으로
돌 빛깔 내보는
영원의 고향에서
지금도 거기서
당뇨를 앓고 있다

내려앉은 어깨에 배낭 맨 전봉건을
오늘도 정원 한 켠에
그와 탐석해 온
비 맞는 돌을 보며
빗속에서 그를 만나고 있다

유월에 서면

우박처럼 쏟아지는 파편
포연으로 눈 못 뜨는
불타는 탯줄의 고향은
연옥의 한복판이다

왼발컨엔 앞집 어른
오른발치에 채인 옆집 부인
피 토해 내 이루는
주검들 밟고 넘은 피난길

그슬린 살갗 널부러진 잿더미에
피 머금은 풀벌레라도 잠재우듯
솟아오른 빌딩숲
유월에 서면 으레 지난 시간 속으로
거꾸로 돌아 내 키는
그때의 소년으로 오므라든다

그래서 더더욱 핏빛 열 품고
선명해지는 하늘은
그때처럼 파랗고
바람도 죽지의 상처 안고
지금도 저렇듯
나뭇잎을 물어뜯고 있다

빛과 어둠의 휴전선

포연의 구름
두어 쪽
이 강 저 산
오가는
빛과 어둠의 휴전선

썩은 뼈
화약 찌꺼기
탄피와 철모의 무덤들

찢겨져
걸레로 걸린
철조망의 얼굴들
시뻘건 녹슨 한숨

너와 나의 가슴 헐어
피 머금고
피어낸
들꽃 잎에
오늘도 창백한 비만 내린다

반세기를 걷다

육이오의 시체 묻힌
보도블록 위로
반세기가 걷는다
바람의 포성이
유월의 가로수 흔들고
수액이 화약 냄새 내는
야성의 꽃밭에
태양은 또다시 떠오르고
어둠은 사라진다
전흔(戰痕)은 먹구름 따라 하늘에
혼백처럼 떠돌며
기억은 모래 위의 글씨처럼 무너진다
기계와 빌딩의 피로
이성의 마지막 섬광은
어두운 그늘 잉태하고
밤의 바다 같은 머리칼이
백야의 꿈 속에 잠겨
젖은 흰 이빨 핥는데
숨 막힐 듯한 노란 빛살 어른대는
보도블록의 가로등이
요염한 찬 빛 흘리고 있다

비틀거리는 도시

찬송가 퍼지는
높드런 십자가 그늘 휴지통에
곪은 물 괴어 흐르고

점멸하는 네온으로
몇 밤이고 내내 그슬리며
까맣게 타들어 지워지는
영혼의 흔적

눈 먼 아이들 용트림으로
하얗게 부서지는
사이키의 밤들이
크리스마스 이브의 눈으로 내린다

갈증 느끼는 한 무리 회오리바람이
동해로 빠지는 듯싶더니
서둘러 다시 서해로

백오십오 마일 녹슨 철조망
초원처럼 가리운
눈물도 말라 버린 풀잎들은
아랫도리에서 부는 남풍으로
꼿꼿이 서 있지 못하고
강물에 흔들며 누워 있다

서울 아이

아파트 옥상에 선
아이의 눈이
용의 두 뿔 휘감아 타고
끝없는 하늘
구름 너머 초가지붕 위에
박을 켠다

맨발로 차낸
실개천 하얀 조약돌 풍덩거린
크레용 노을
뒷동네 소파(小坡) 아저씨 찾아
키를 재어 본
짱아채 든 알몸이 달리는 황토길

어디서 누가 몰고 온
잔혹한 구름인가
그 속에 드러나는
소돔과 고모라의 회백색 도시

아파트 창문마다 머리 내민
창백한 얼굴이 핥는 죠컬리트
아이의 눈은
그제사 현기증을 일으킨다

잃어버린 봄

몸 비벼 겨우내 삭힌
검은 때깔의 땅
키 커 외로운 미류나무 비시시 깨어
봄 어깨의 턱걸이는
잿빛 오염에 가리웠나

아른아른 여울지는
산개울가의 노란 개나리
밝다란 진달래
하얀 메를 캐는
논두렁 아이 진흙 고무신은
어디에 팽개쳐 구르는가

싱아 먹던 시절일랑
시큼하게 삼킬 수 있으련만
저고리 고름 씹는
처녀의 귓볼,
싱그러운 속살 풍기는 매무새는
어이 아니 보이냐

그린 필드

클럽 스윙에
창공을 날으는
하얀 점
내 마음

날개 없는 잽싼 비행
새장을 뛰쳐나온
심장

정지의 고동(鼓動)으로
필드를 뒹구는 순간
깃을 치는
모성애의 눈길

마지막 열여덟 번째
후줄근한 몸을
뚫는 행위
캐디의 웃음
교태
사탄

일 상

눈을 뜨자마자 커피 한 잔 마시면서도
콤팩트 펴들고 투덕투덕 요리저리
조형(造形)을 한다

밥 먹는 시간 잠잘 때 빼고는
언제나 거머쥔 타인의 얼굴
브르크 실즈의 눈 코 입을 만드는
가는 붓 끝에 한 점 먼지처럼
본능이 묻어 있다

베스비어스 산의 용암 말고도
갑자기 만나는 폭우에 살해될
타인의 얼굴
누구도 손 대지 못할
신비의 영혼 담을 그릇으로
숨 쉴 줄로만 안 얼굴

만추의 낙엽처럼
허무의 재처럼 떨어질 칼끝의 본능은
제 나이 얼마인 줄 모르는
시몬느 보봐르의 진리인가,
태어나는 게 아니라 만들어지는 것

온 실

한 줌 썩은 토양에 묶여
사지를 조인 채
내시(內侍)처럼 멀쑥히
키만 큰다

바람의 손목도 잡아 보지 못한
병상의 신음
적막한 네 벽 유리 안은
난지(暖地)의 체온을 맞추어 놓은
영안실

그런 이웃과
그렇고 그런 얼굴들이
서로 보고 탐색하며
서로를 잊으며
자기만이 독생자 같은
그런 웃음을 띤다

서울 거리

숨쉬며 가는 사람은
어디에도 없는
걷는 모든 것은
유령이다

좌회전도 유령의 몸짓으로
무차별 난사하며 우회전도 하는
서울 거리는

빽빽이 들어선 관짝 같은
사이 사이 비집고 끼어들어
깨물고 부서지는 소리로
해가 진다

실재하는 사람의 표적도 없이
마지막 상식
겸허의 부스러기를 껌처럼 씹으며
저 홀로 깜박이는 신호등
서울 거리는
게임 오락실이다

13. 노트르담 사원

노트르담 사원

노트르담 사원

하늘 뚫을 듯
두 첨형 아치
통취(樋嘴)의 기괴한 악마상이
드러낸 이빨에
끓는 침거품

유연히 굽은
정교한 박공(搏栱),
그건 돌이 아니라
커다란 고래를 잡아
살을 저미고 난
등뼈다
시테 섬 가운데 만발한
석화(石花)다
돌로 가슴으로 표현한
침몰하지 않는
영원한 지붕, 파리

짙푸른 마로니에 잎새로
선체 밑둥 가린
거대한 갤리선
그것이 세느 강을 휘젓고
떠날 것만 같다

콰지모도의 비련을 안은

팔백 년의 우울
노을 한 입에 삼킨
현란한 장미창 속에
그 웅자가 잠길 즈음

사시사철 삼십 년간
노트르담 한 귀퉁이 모양 한 가지만
화폭에 담아 온
노화가 루넹
머지않아 가 버릴 육신,
그의 홍조띤 주름이
화구를 거둬들이고 있다

＊루넹 : 현존 화가(1978년 5월 현재).

골드 코스트

하늘과 바다
산과 들
바람 안개비도 없는
화폭 속의 그림이다

세상 천지에
태양은
남태평양 여기서만 뜨기로
태초부터 약조되어선가
백 킬로의 해변을 달구는 불길조차
미세한 모래 가루처럼 부드럽다

여기서는 차라리 대낮보다
달빛으로
여자의 살피죽을 끈적히 녹이는
밤이 더 요사스런
사람의 천국이다

소렌토

깎아지른 병풍의 절벽
동화의 꿈 으깨려는
지중해 녹색 파도는
안데르센이 바다 건너서
올려 쏜
빛으로
몸을 풀고 있다

뉴질랜드

산과 들과 숲은
남북 섬 가릴 것 없이
사진틀 속에 껴 있는
한 모양의 풍경화다

앞이나 뒤나
서 있는 자리서도
모양 빛깔은
원초의 이브 알몸이다

내세울 게 없는 대신
자연 그거라도
있는 그대로 지켜
찌들은 세속에서 탈출한
구경꾼들의
볼거리
느낄거리
탄식거리로

구름 뭉게뭉게
남태평양 바다에
돈벌이로 떠 흐른다

계 림

계림산수 갑천하(桂林山水甲天下)라
리강 이 백리 물길 양켠엔
봉우리 봉우리 오만 봉우리
비바람에 씻겨 닳아
기기묘묘한 그것 만들어내기
이억 이천만년

젖무덤 곡선 사이
절벽타고 내리는 실물줄기들
비 내린 뒤 더욱 빛나
청옥빛 물에 비친
한 폭의 수묵화

독수봉 삼백 여섯 계단 위에서
내려뵈는 계림엔
달 속의 계수나무 내려와
가로수로 늘어져
물빛 빨아들이고 있다

간다라에서

석가 간 지 오백년 지나
그의 자비한 얼굴
회반죽으로 빚어 깎고 다듬어
실크로드 거꾸로 거슬러
중앙 아시아 사막 오아시스 도시에
유적을 남기고 중국으로 간
간다라 미술

인도, 헬레니즘 미술이 뒤섞이고
그리스풍이 더해져
동서 문화 녹아 하나로 된
간다라 미술은
석굴암의 그 얼굴에
미소 흘리고 옷주름 접고는
일본으로 이어졌으니

기원 전후 쿠샨 왕 때의
장인(匠人)들 무덤도
혜초의 손이
여기저기 훑은 흔적마저
열기에 녹아들었는지
지금은 층층 이룬
허허벌판 벌건 흙바닥에
잡초들만 서로 키를 키우고 있다

실크로드 파샤와르에서

파샤와르의 실크로드 중심 교역지에
한 발짝 들여놓자마자
가슴 한 쪽이 푸석 내려앉으며
벌린 입은 석고처럼 굳어진다

시장 거리거리의 깜짝스런 옛 모습들
썩어 가며 겨우 견뎌 내는
서까래, 닳아빠진 기우뚱한 기둥들
허물어져 내린 흙담벽은
손질 금하는 알라의 명령인지
그때 그 모습 그대로다

삽 쇠스랑 칼 말굽을
풀무질로 달구어 뚜드리는 대장간,
양가죽 통째로 빨래처럼 걸어 놓은 푸주간엔
시퍼런 칼날이 역사를 썽둥썽둥 베고

김 뿜는 드럼통만한 구리 찻통
강냉이 숯불에 그슬리는 노점상들이
그때의 찌들은 침침한 가게 안에
웅크리고 앉아 눈만 깜빡이는
그때의 그 모습 그 사람 그대로다

영화 세트 같은 거리 한복판에
타임머신을 타고 와 내린

사막 한가운데 갑자기
이천 년 전의 모래 바람이
낙타털을 쓸며
불어오고 있었다

인더스 강에서

알렉산드로스, 칭기즈 칸
아리아인의 칼도 씻었을
파샤와르 시 아토스크 마을 한가운데
카불강과 만나 흐르는
인더스 강물은
그때의 피비린내 털었는지
청옥빛으로 흐르고 있다

하류부의 모헨조다로
중류부의 하라파 유적들
문명의 틀이 된 인더스 강물은
꽃도 피우지 못하고 졌는데
어째서 저렇듯 속속들이 맑을까

순간 풍덩 뛰어들어
오천년 물 속을 자맥질한다
살갗에 수없이 붙으며 빛나는
문명의 저 사금파리들
어느새 내 몸은
인더스 강물 깊숙이 빠지면서
몸에는 비늘이
겨드랑이엔 지느러미 뻗치며
헤엄치고 있었다

몽골의 바람에는

고원의 언덕은
바람 바람으로
하늘 끝자락에 맞물려 파랗게 흔들리며
테무진의 말발굽
바람 타고 달리고 있었다

전진(戰塵)을 털고 잠시
겔 속에서 마유주 들이키며 갈증 달래는
그의 커다란 심장 소리는
불볕에 그을려 까맣게 탔어도
재로 남지 않고
초원의 바람 속에
윙윙 울고 있었다

고비 사막을
한 나절이면 달리던 그 무리가
광대뼈 같은 능선에서
천 년 흙을 비집고
우묵우묵 붉거져 나와
모래 바람을 일으키고 있었다

모스크바 강물도 흐른다

줄서기에 이골이 나 있는 사람들은
한 조각 빵, 담배 한 갑 사러
끝없이 줄 섰다간
그것도 동나면 으레
불평 없이 흩어진다

빈 진열대의 굼 백화점 앞
붉은 광장 레닌 묘
분바른 얼굴 잠자듯 누워 있는
그네의 조상 같은 그를 보러
생철 훈장 삐걱이는 가슴들이
또 줄은 선다

줄줄이 흠모의 정 쏟는
그네들 눈은
크레믈린궁 스바스카야 시계탑
붉은 별에 반사하는
화사한 햇빛에
뜬물처럼 멀겋게 뜨고 있다

와이퍼를 트렁크에 숨겨
비오면 내다 걸고
지하철 입구 땟국손 벌린 거지들,
달러에 눈독 든
인터걸의 메니큐어 손짓을

진공 유리관 속의 레닌은
무슨 악몽을 꾸고 있을까

서방의 초모드 패션 쇼,
헤비메탈의 광란스런 음악 터지는
텔레비전 수상기 앞의 그네들
초점 잃은 청맹과니

고리키 광장 끼고 도는
하얗게 눈 덮인
모스크바 강물도
포토맥 강물처럼
흐르고 있음을 알고 있다

워싱턴의 베트남 하늘이 운다

머리 뚫은
한 방의 총성 기리는
에이브 기념관 옆자락
베트남 전몰 오만 팔천 이름이
음각으로 새겨진
검은 대리석 병풍에
영상처럼 퍼지는
햇그림자 한 점

검은 상복의 손끝에 짚혀진
지아비 이름이
피 흘리며 삼키는
아내의 오열
손가락에 패일 듯 껴안긴
지워진 영혼의 이름

무릎 꿇은 미망인 가슴에는
베트남 후덥지근한
덧없는 바람 불고
돌병풍 건너
세 용사의 청동상 앞 떠나지 못하는
목발, 휠체어의 눈물이
꺼지는 노을 속에
붉게 물들고 있다

그날의 아픔이 몇 번이나 지난
패전의 쓰라린 위로의 자리인데
언제까지 이역의 주검 앞에
이토록 눈물은 마르지 않는가

생팔 다리 떼이고
눈알 빼인 상이 용사에는
죽어서도 빗돌서 눈물 뿌릴
언젠간 에이브의 대리석상 모양
또는 에이브와 정면으로 마주한
엘링턴 국립 묘지
남군의 리이 장군 무덤 모양
역사에 찍혀 있었던
매듭진 한 가닥 일로 기억되면서
검정 벽에 뿌린 의미를
아프게 알지 못하겠지

까마귀

수유리로 이사온 지 스무 해 넘었는데
앞마당 팥배 쪼는 까마귀로
까맣게 열린 그것들이
얼마 전부터 머리 수 줄어
이젠 만나기도 쉽지 않다

새벽녘 도쿄 긴자의 거리엔
쓰레기 봉투 까맣게 파 휘젓는
까마귀 떼의 주둥이로
어둠 비집어지고 아침해 뜬다

몸통 깃털 눈알 할것없이 새까만 그것이
울음마저 까맣게 울면서
도쿄의 시바(芝) 공원쪽
가라스모리(烏森, 까마귀 숲) 거리 본부 삼아
일본 열도를 까맣게 덮는다

속을 내보이지 않는 그들이라서인지
보호의 둥지로 썩도 잘 어울려
빌딩가 시골 동네방네 휩쓸며
꾸악꾸악 울고 있는
저들의 몰골 지켜 본
수유리 까마귀들은
서둘러 나래 접어 고개 돌렸나 보다

오이디푸스 이어서기

모래 바람 갈증의 사막 한복판에
오이디푸스 가로막고
우뚝 선 스핑크스의
'아침에는 네 발, 낮에는 두 발, 저녁에는 세 발로
걷는 수수께끼에
주저 없이 '인간'이라 대꾸한
그에게 굴욕 느껴
바위에서 몸 던져 목숨 끊은
스핑크스,
그 죽음으로 자유인 테베의 왕관 얻어 쓰고
애비 죽인 범인이 자신이며
왕비인 아내는 바로 에미임을 안
인간 오이디푸스 스스로 눈알 뽑아
모래밭에 뿌린 피눈물,
잠들지 않는 사십 세기
비극의 물길 흐르고 흘러
오늘 밤도 현란한 빛 신음 소리
피라밋 꼭지점에서 다시 튀어
사방 팔방으로 퍼진다

* 오이디푸스 : 그리스 신화 중의 인물. 테베의 왕자.
* 테베 : 이집트 나일강 중류의 고도(古都)

파르테논

아크로폴리스에 파르테논 신전 지어
사회와 떼어 놓으려고
거리거리 몸매 미모 뛰어난 유녀들
처녀궁으로 끌어들여

유녀 모델로 비너스상 빚어져
그 속에서 태어난
여성 예찬 미술은 헬레니즘 문화로
꽃값은 그리스 문화 토대를 쌓는다

고대 그리스의 에로스 카로스 찬가는
아테네 시내 은은히 베어 퍼지며
사원 매춘의 그리스 문화를
한눈에 내려다뵈는데

아리스토텔레스가 개처럼 엎드린 굽은 등에
아름다운 히프의 주인공인 유녀 뷰리스를 태우고
살과 살 체온과 촉감 즐기며
저만치서 히죽이며 기고 있다

나일 강

바람 출렁이는 강물
태양의 열기
물과 불
땅과 하늘
생명과 죽음 사이의 나일강

물이 들었다 나가는
탄생 죽음 부활
그리고 영원

그러나 일년 내내 비내림은 겨우 몇 컵 정도
그나마 열대 산달에 껴안고 흐르는
천연의 크낙한 물길은
아스완댐으로 범람은 사라져
천연 거름은 화학 거름으로
'이집트는 나일강의 선물'이란
헤로도투스의 말은
강물 속으로 빠져 버렸다

＊ 헤로도투스 : 고대 그리스 역사가.

타이페이 일지

(첫째날)

서울 참새와 똑같은 참새들이
장개석 중화기 나부끼는
영민총의원 옥상 바닥에서 쪼아린다

W5동 24호 병상의 창문 밖
서울새들과 재회 나누며
언제 있을지 모를
완쾌의 기적을
타이페이 사방을 철썩이는
파란 바다처럼 네 활개 펴본다

왕미령, 왕건미의 손길
그 순결을 느끼며 듣는
서울에서 느껴 보지 못한
청아한 저 참새의 지저귐

연두색칠한 호떡집 같은 병실
차단된 언어의 이방 지대
정맥에서 뽑아낸
붉은 피가
그들 가슴 속을 흐를 것만 같다

먹장의 안개는

아열대의 열기 속에
아스라이 녹으려는 순간
처음 본 듯한 태양이
참새들 머리 위에서
꽃처럼 피어오르고 있다

(중간 날)

무덤 같은 병실의 정적
우리말이 하고 싶어
아, 혀끝이 말리는
백치처럼 순서를 기다리는
미완의 시간들
음악과 텔레비전, 신문 잡지도 없는
캄캄한 절벽의 고도에 갇힌
조난자다

병원 식단이 안 맞아
허드레 열매로만 허기 잇는 나날
하늘 보고 또 보며
머리 죄어 오는
아픔 떨치려 머리 감고
하루에 서너 번씩 또 감는

누구의 발길도
얼신거리지 않는
빈 침대에
죽음처럼 덮여 있는

하얀 시트
저녁, 아주 초저녁인데도
서둘러 수면제 털어 넣고
잠드는 것이 행복하다

후줄근한 검은 늪 속
피 말리는 잔혹의 시간
공기 죄 빠진
풍선 같은 그런 찌그러진
태양 아래
납작이 가라앉는
잿빛 하늘

(마지막 날)

척추에는 몽혼이 안 돼
맨살로 올려진 시험대의 전율
백색 수술실을
고문실로 바꾼 비명 소리
끝내 전신 마취로 다시 오른
이중의 절벽타기

회복실은 진한 소독내와
심장 혈압을 잇는
여러 갈래의 튜브줄과 타인의 눈뿐
빨갛고 파란 컴퓨터 램프에 얼비친
흰 마스크의 일그러진 얼굴들은
백남준의 비디오 쇼 같다

X사진에 비쳐진
충격의 결석,
벽을 깔고 물구나무선
몽혼된 내 눈의 좌절

초점을 모두 벗긴
열하루 만의 헐렁한 무게가
열기에서도 한기를 느끼며
중정 공항 트랩에 오른다
——중국 의사를 왜 안 믿는가

14. 잊어버리기 연습

잊어버리기 연습

자라면서 사람으로 깨우치는
어릴 적의 일부터 아예 잊어버리자
둘러 쓴 이불에 파편들이 꽂히며
피붙이의 주검들이 너부러진
그 길을 잊어버리자
그럴 수도 있었지만 아닐 수 있는 것도
어둠의 여울에서 알갱이까지 건져 잊어버리자
허무와 실존의 두 줄을 쥔
니체의 잠언(箴言) 이후의 느낌표, 의문표도
없던 것으로 잊어버리자
별빛에 스쳐 하늘거리는 풀잎의 울음
빛을 껴안은 바람이 목을 휘어잡고 내려앉는
비탈의 은빛 억새도 못 본 것으로 잊어버리자
만난 사람 떠난 이의 이름도 지우며
웨딩드레스 긴 자락에 숨긴 배신의 뒤꿈치도
끝내 잊어버리자
세상의 모든 빛이 하얗게 바래 백지로 남았으니
그것 그대로 깡그리 잊어버리자
언젠가는 누구의 손에 질질 끌려
코를 찌르는 땅 헤집고 누울
그 자리는 없었던 것으로
적들의 서슬이 강해지며
왔다 간 흔적조차 남기지 못하는
기억들도 도려내 잊어버리자

서울 이방인

외환의 칼날에 햇빛 눈부셔
퇴직 겨냥한 부조리의 총성
어제 오늘인지도 모르는
에미 죽음에 눈물 메마르고
아내 자식 집안일은 무슨 관심으로
거리에 내몰린
이방인이 비로소 느끼는
대우주 품 속에 안기는 충만감
별빛도 죽은 서울역 벤치에 누워
먼동이 트는
저 황폐한 빌딩 너머에서 들려오는
미사곡은
부조리한 새 출발의 신호
카뮈의 이방인 주인공 뫼르소처럼
결단력 없는 이방인 가슴은
흐느낌도 없는 빈 껍데기뿐이다

그 시간 그 거리는

청계천 양켠의 다닥 붙은
판자집은 헐려
미로의 골목 하나로 뚫리고

별 헤이는
한강 갈대숲은
둔치의 시멘트로 덮히고

남산 솔바람 오솔길
인왕 바위산 길목에 박힌
출입 금지 팻말
바람은 온통 비어 가네

나직한 지붕 이끼 기왓장
사랑의 소절 읊는
찻집 자리는 찢겨
보도블록으로

포옹으로 가슴 데우는
그때의 그 시간 그 거리는
풀꽃도 피우지 못한
실연의 얼어붙은 무덤 속에
백골이 되었나 보다

목격자를 찾습니다

차고 문 열면 으레
앞집 부인은
목련 나뭇잎 새로 웃고 있었다
그러던 그가 시장길 가는 길에
버스에 깜짝 숨지고
진 자리에
목격자를 찾습니다란 현수막 걸려
출퇴근 때마다 차창 통해
그의 너풀거리는 웃음 본다

아내와 같이 다니는 그 시장길
늘 차 조심하라던 그 먼저 뜨면서
목격자는 찾지 못했는지
영정 같은 현수막 끌어내려지고
나뭇가지에 얽어 맨 매듭의 부인 얼굴이
꽁꽁 얼어 있다

입버릇처럼 한날한시에 가자던
그의 사내 새 여자 맞은 집인데도
아침마다 차고 문 열면
잎 진 빈 가지 사이로
부인은 거기 서 웃고 있다

따로 따로

표현 따로 주의 따로
그 인격 밑구멍에 빠진
위선 쓴 거짓 넋두리

양심 따로 주장 따로
의리 따로 탐욕 따로
빈 껍질 흑싸리 죽지들이
전단으로 뿌려지는 난장판에

까짓 실천 나부랭이는
무어 말라죽은
몸짓 따로 양식 따로
사람 따로 평가 따로

진작에 따로따로
표방 의식 깔아뭉개고
거기에 끼어 껍신거리니
남은 것은 난자당한 가슴팍의 선혈

냅다 붓 꺾어 상판의 콧대에 꽂아
아, 슬프구나
돌아가는 꼴들의 몰골
꿈적거려 살기 어렵다

젊은 너에게

땅을 보고 거꾸로 서
달을 볼 수도
평행으로 기어
바람 타고 뛸 수도 있다는 말
꼭 네 귀에
새겨 주었어야 했는데

꽃은 시들지만
언젠가는 뿌리마저 말라
비틀려 뽑히고
죽은 가시에 찔려
살갗 터 피 흘림을
끝내 일깨우지 못해
쥐어뜯는 가슴이여

밤이 오는 이유

낮 동안 내키는 대로 구르며
지열에 그슬린 찌꺼기 언어를
침묵 속으로 두레질하러
그는 온다

열애로 혼 앗긴 소녀의
나른한 잠자리 돌보러
시샘하여 꺼칠해진
꽃망울에 이슬 내리러
삼대 독자 신혼길
첫날밤을 선물하러
그는 살며시 온다

품팔이 지게에 절은 땀
술 취해 쓰러진 거지의 토굴 꿈 속으로
그는 서둘러 온다

밤은 마지막 축배 들며 운명하는
시인의 얼굴에 비낀 노을을
망천 둑에 걸어 두고
그는 지금 예 와
나와 함께 서 있다

어느 끝없는 이야기

천진스런 알몸이 부끄러워
꽃그늘에 숨은
르노아르의 소녀

온 몸에 피어난 반점(斑點)이
움직이며 물결치는
눈물,
열에 들뜬
부르튼 입술 적시며
경련하는 목젖을 넘을 때마다
가슴은 천길 신비의 무덤을 파고

이윽고 그 심연의 깊은
동면에서 깨어날 즈음
모든 빛이 사라져 간 공간은
황량한 어둠뿐
한 가닥 가는 불빛마저
순수의 흔적도 지워져 버린 하늘

봇물 터지듯 눈물이
숨 막히는 가슴을 떠내고
찝질한 인습의 한숨이
참회의 한복판에서
분꽃처럼 흩날리며 오열한
영롱한 눈빛과 눈물의 뜻을 모른 채

매복(埋伏)한 어둠에 가린
뭇 별에게 뻗힌 두 손길

고뇌하는 이 어둠 속
떨어지는 맥을 이을
빛이여
이 세상 빛을 가진
구원의 은총이여

남산 타워

먹지로 도배질한 천공(天空)
댕그머니 걸려
피식이 웃는 그녀와
가뿐 대화 나누는
눈 하나 빨갛게 탄다

도둑맞은 육신 밑
빈 구멍 속을 들락이다
질식사한 두더지 떼의 무덤

굴 속을 비집고 들다가
가스에 취해 비틀거리는
바람이
한강물에 가 젖는다

훔쳐간 육체를 돌려주기 위해
그녀가
두터운 커튼을 내렸을 때

온통 세상에 발각된
나는
유령이라는 이유로 고발된다

뽑히는 가로수

입김에 아스라이 어린
하늘 아래
그는 새끼줄에 주박(呪縛)되어
밖으로 드러내지며

빛을 잃어 가는
풋내음 이파리들
바람등에 업혀
울며불며 떠나간다

손 못 미치며
발끝 닿지 못해
목을 느려 밀어붙이는
할딱이는 숨 소리가
지난날의 잔영(殘影)을 부둥켜안는다

무당의 이 빠진 칼날 새에 낀
영혼이
네모, 원형 그으며 흔드는
칼의 난무 속
피다 못한 첫정을
잿빛 꿈 하늘에 가득히 채운다

결혼찬가

조화
가발
성형외과
이글대는 플라스틱 촛불

제 목소리의 톤을 재는
주례 금테 안경의 프리즘

마이크 잡은 사회 금붕어입은
여자석만 핥는다

사랑의 정표는 금속성

옛정이 눈 속에서 우는 신부
장발 신랑의 비듬 머리칼

구십도 인사에
내빈의 곰 손뼉질

그 속엔 신랑의 혀를 빤 여인의 입술
신부의 산맥을 탄 사냥꾼의 눈이

때긴 신부의 힐 뒤꿈치는
새하얀 드레스에 숨겨지고
퇴장 때 신랑의 곰배팔이 꽤 자연스럽다

펙, 터지는 소리
예식장 안은 순백의 퇴색 일각(退色一刻),
다음 차례가 술렁댄다

들러리 없는 예식장은
만원 사례

겨울에도 바닷물은 끓는다

한국여인의 노래

정으로 잇는 강줄기 끊고
바다로 이어진 숨통 터놓은
지 어미 서슬 퍼런 눈매에
가슴 나래 꺾어 버린 딸

토막진 강맥이 한맺힌 응어리를
바다에 풀어 헤치니
뜨거워 펄펄 바다는 끓는다

세수 대야에 퍼담은 바닷물이
피로 변해 울어서 퉁퉁 부은
그녀의 눈빛되어 서럽고
담근 새하얀 두 손 저려 저려
묻힌 날까지 살며 사무친다

죽음이 분해될 때까지 바다는 들끓고
목욕물로 쓰지 못할 소금기가
그녀의 혈장(血臟)을 절인다

바다로 통하는 길은 인종의 사자(使者) 길

지어미 죽는 날 수의(壽衣) 지을 딸은
바늘귀 낄 눈이 멀었다

달의 모양은

사랑의 모양은 달의 모양
달의 마음은 사랑의 마음
달을 보는 마음은
춘향이 마음

공원 벤치 위의
반월(半月)은
사랑의 서정

낙엽 따라 떠가는
만월(滿月)은
실연(失戀)의 흐느낌

달을 보는 마음은
마음마다 다릅니다
천체의 변화로
잠시 모습이 달라진대도
달의 원형은 변치 않습니다

노엽다고 사랑 않을 수 없습니다
슬프다고 사랑 않을 수 없습니다
즐거운 시간만
사랑할 수는 없습니다

뚫어진 심장

분노의 바람이 메스를 쳐들어
황달병에 걸린 안개 구름 속
검은 아편을 저며
장미의 초록빛 숨결에 뿌린다

장미는
짓물러 시러운 눈
카랑한 숨통에
손을 대다가
제 손톱에 할퀴어 찢기우는
이지러진 눈자위
끈적한 입술

입술에서 흐르는
새빨간 핏방울이
병든 햇살에 표백되어
뚫어진 심장 구멍으로 흘러든다

두 개의 눈

눈을 감는다
왼눈은 임종의 얼굴을 보고
오른눈은 진통의 탄생을 본다

눈을 뜬다
왼눈은 땅 속에 묻히는 주검을 보고
오른눈은 태고를 깨고 나온 생명을 본다

눈을 감는다
왼눈은 하늘 오르는 혼백을 보고
오른눈은 젖꼭지 빠는 아이눈의 섬광을 본다

눈을 뜬다
왼눈은 은색 십자가를 보고
오른눈은 젖의 붉덩물을 본다

눈을 감는다
왼눈은 절벽같이 멀었고
오른눈은 피 머금는 칼을 본다

눈을 뜬다
멀었던 왼눈마저 번쩍 떠졌다

애 증

봄이 다 지는데
고사(枯死) 했을까
꺾은 나뭇가지 생기 보고
잘린 가지 애처롭다

자식 버릇 고치려다
동강난 회초리에 인 바람에
가슴 베이고
또 꺾어 피멍 자욱 보니
모래벌 얕은 수심(水深)에
흙탕물 인다

꺾인 가지 동강난 매가
뱀의 두 갈래 혀끝같이 남실대며
심성(心性)에 매복해 있는
애증(愛憎)의 머리채를 흔들어 놓는다

가시나무새야

날개도 빗질했는데
날아라 날아라
붕붕 멋지게
뜨거라 뜨거라

만종(晩鐘)이 울리는데
그것도 세 번씩이나 울리는데
팍 땅을 차고
훨훨
눈치 볼 것 없이
저 멀리 날아라

깃털 하나쯤 뽑아
과거를 모두 묻혀 허공에 던지고
새로운 시작으로
뜨거라 뜨거라
가시나무새야

날 수 없는 새

드넓은 하늘
쇠줄 없이 매어달린
새장 속의 사도들
핏발선 눈알들

하늘 땅
지표 없이 곡예하는
새장의 주인들이
퇴화된 날개로
공간을
겁 없이 뛰어든다

속살을 능욕당한
깃털은
피멍에 얼룩지고
장막 속에 눈마저 청맹과니된
마지막 한 마리 새는

물안개 피어 닦여진
푸른 거울에
눈을 씻지만
보이는 것이 없다

사막의 기도

허물 벗긴 등뼈기 또 태우는
불볕이여
뜨거운 모래 헤집어
사연(事緣) 넣으며 덮으며 우러른 하늘
가난을 묻는 삽질에
발가락 또 하나 짓무르고

두고 온 고향
네온의 거리에 펄럭이는
오색빛 만장
비에 젖은 그의 목덜미 솜털

안개 속 가물가물한
별빛도 뜨거운 사막의 밤에서
가난을 엎으려
물과 숲을 못 보는
암갈색 모래 바다에 토해 내는
타는 한숨이여

떠날 때의 그 순결이
두 손에 엉켜 합장한
마디 굵은 손가락의 흐느낌이여

고요한 아침의 나라는

페르시아를 삼킨 아테네는
아크로폴리스 언덕 꼭대기에
파르테논 신전 우뚝 세웠더니
비극 시인 아이스퀼로스가
프로메테우스의 불 빌려
화려한 조명 받으며 나타나고

영국 해협 쳐들어 온
스페인 필립 2세의 무력 함대를
영국 대포 한 방에
바닷속 깊이 가라앉혀
유니언 잭의 깃발 내걸었더니
햄릿을 분장시켜
무대에 올린
셰익스피어 나타나고

싸움마다 이기면서
그 세력 몰아 전제 정치 휘두른
태양왕 루이 14세
프랑스 문예는
센강에 활짝 꽃피어
황금 물결 일렁였는데

고요한 아침의 나라는
번득이는 네 마리 독사의 혀끝으로

등뼈마저 절반으로 잘려도
물어뜯는 시늉 한 번 못하고
사물놀이에 귀마저 멀어
혼돈에서 빈 입질만 하고 있다

남남으로

이렇게 헤어졌구나
핏발 세운 눈알 부라리며
저주의 살기 풀어
칼 들이대
이렇게 헤어졌구나

처음부터 없었을
한 손에 두 손가락인데
등 돌려
남남으로 갈렸으니

바람들, 그 따사로운 은혜로
떨어질 수 없는
뜨거운 포옹
영혼이 섞였는데

하루 아침
너도 나도 모르게
누구도 모르게
이렇듯 헤어져
가슴 찢기운다

밤에도 기계 소리는 들린다

깊은 밤인데도 기계 소리는 들린다
어디서건 들리는 그 소리는
잘근잘근 귓결을 찢는다

잘리는 정적의 비명
밤새껏 귀 틀어막고
뜬눈으로 아귀 틀어진
지구의 톱니를 돌린다

검붉은 구름 비집고
일그러진 태양 한 켠 솟으면
허물어지는 바람, 침 빠진 시계
떨어지는 맥박도
하얗게 눈이 먼다

귀 달린 생물이면
밤마다 귀를 떼어내
풀어진 불면의 눈자위를
시체처럼 뉘우고
숲속의 짙푸르름을 보며
지구를 기진맥진 돌리며
까맣게 찌들어 간다

진 실

벼랑에 선 진실이
어질증을 일으키다
때 묻은 손수건처럼 날려
공중으로 거꾸로 선회하다간
잎새도 다 진
가지 끝에 걸린다

가시에 묻어난 살점에서
흐르는 핏방울이
허공에 흩날리며
뽑히려는 뿌리 끝의 의지가
진실을 껴안은 채
안간힘을 쓴다

불볕이 내리쬐는 정오
마른 흙을 파헤치는
허리 잘린 개미 떼
정맥이 터지도록 늘어붙었던
숱한 뿌리들,
약해지는 의지가
진실을 잡은 채
아래를 내려다본다
포효하는 소리뿐
보이는 것이 없다

그림자

현란한 오색무늬 수놓던
달빛이
바람의 무게에 부서져
오뇌의 수렁에 빠지면서

빛을 뽑는 목덜미의 응어리는
가슴에 짓눌려 드리운
그림자 위에
창녀처럼 눕는다

성난 물결에 구겨지지도
호수의 연꽃으로 피어 지지 않는
그림자의 밀애를
흔들어 깨우는
한 무리 돌개바람

언젠간 주리 틀려
바닥에 조각나 흩어질지언정
당장의 충만을 위해
온몸의 근육을 늘어뜨려
더욱 진해지며
크는 그림자

15. 장편서사시 불의 한강

장편서사시 불의 한강

제1부

1

미친 듯 엇갈려 돌며
나뉘고 합치고 엉키고 섥켜
하늘 땅이 붙었다 헤어지더니

가벼운 것은 튕겨
캄캄한 어둠 속 해와 달
별이 빛 뿌려 뜨며
한 덩이의 지구가 돈다

밑으로 흙은 가라앉고
덮쳐누르는 바닷물
바람 먼지 바위덩이 널리고 퍼진
벌판 생기고
패인 벌판 비집고 튀어나오는
크낙한 산줄기들

있는 목숨 없는 생명 나뉘어지며
따스한 햇빛, 쏟아지는 빗줄기
꽃 나무 풀 하늘 땅이
사랑의 생기 띠는가 싶더니

혹한의 바람 꽁꽁 얼어

북에서 남으로 미끄러지는
얼음덩이의 우악스러운 힘의 흐름은
산을 덮고
벌판 쓸며 파헤쳐 강 만들고
산봉우리 깎아 핥으며
개먹어 으깨 퇴적의 조각을
밀고 밀고 내려오는
혼돈, 혼돈의 되풀이

   2

이슬방울 빗방울은
영롱한 아침 햇살 받으며
방울방울 한 줌 한 줌
흙바람 이는 황폐한 땅 축이고
밑으로 스미며 조금씩 바닥에 고이더니
구름 내려와 휘어감은
멧부리 허릿등 아래
돌과 이끼 바위 틈 끼고 흘러
내 이루어 간다

물기 머금어 뿌리 내린 들꽃들
눈 터뜨리며 꽃 열매 맺는 나무들
대지는 억겁의 세월 삭여
끝없는 강 이루어
찌들던 높푸른 하늘에
모처럼 태양 빛나고
죽어 있는 땅은 기름져

온갖 나무 풀들이 다투어 키 재는
미지의 신비스러운 세계

   3

백두산 영봉
힘차게 뻗어 내린
한반도의 등뼈 태백산맥,
그 한 허리에 금강 설악 이어지고
차령산맥 가르는 자리에
기골 차게 서 있는 오대산

한강 물줄기의 시작은
금강산의 만폭동,
오대산의 우통수,
속리산의 문장대라

깊숙한 멧부리 사이사이 골골에서
모이고 모여 어우러
백 수십 가닥의 폭포,
백옥의 샘물 섬광을 일며
별빛처럼 쏟아 흘러 떨어뜨리니
온 누리에 물소리

날으는 물바람 실려 하늘 덮어
아득하니 하얀 무지개 수없이 엉켜 일고
구름 찌르는 칼날의 숱한 봉우리들
어깨 비비며 늘어선 만폭동

흐르는 구름 떼들,
서리 인 오인봉엔 푸른 학 나래치며
골마다 물소리 급한 여울물은
바위에 부딪쳐 산산이 으깨져
하얀 눈발로 흩날린다

포효하는 폭포 하늘 둘로 가르듯
천둥 우는 소리 수목들 잠재우지 못하며
깎아지른 벼랑 타고 지천으로 내뿜는
물보라의 뽀얀 물안개
하늘 구름을 핥는다

떨어지는 것은 신선한 햇빛이다
신의 사정, 물을 잉태하는 강물이다
보석 상자를 엎어 놓은 구슬이다
천년만년 지새다 눈 뜬 태초의 자유,
외로운 탄생이다

만폭동은 허구헌날 물에 젖어
산 무너지듯 바위 깨지듯 물 만들어
캄캄한 미래 더듬으며
아래로 아래로 쏟는다

탄력의 물은
양구 거쳐 화천 지나 춘천에 와
오대산 우통수 샘에 시작해
인제를 들러 내려 온
소양강물과 만나 양평에 이르고,

양수리에서 북한강물과 합하는 물줄기의
북한강

   4

멧부리 천 부리
오대산 서녘 포실한 가슴에 솟는 샘물은
빛과 맛 뛰어나 변치 않으며
물 무게 여늬 물 같지 않아
우퉁수다

원시의 아름드리 숲 사이사이
신비스런 정적 헤치며 흐르는
우퉁수 샘물은
네 면 너럭바위 열 길 폭포 못 이루어
은빛 깃 치며 일렁인다

북한강 원류인 만폭동은
부산하게 용솟음치며 흐르지만
남한강 원류인 우퉁수 샘물은
고요함이 으뜸이다

눈부시게 새하얀 저 옷 빛깔,
흰 옷의 표상이 평화이듯
정숙함이 옷자락마다 넘치고
불의 만나 의연히 떨쳐 일어서는
용맹 아울러 가지니
한강의 두 발원은

한 핏줄 한 문화 한 울타리에 고리 달아
영원히 하나임을 알린다

우통수 물은 남으로 흘러
영월 단양을 지나 서으로 흘러 충주에 오면
또하나의 한강 원류인 속리산에서 시작해
괴산 산골에서 연풍 사이 흐르는
달래강과 만나 남에서 서북으로
여주 양평에 이르러 서쪽 양수리에서
금강산 만폭동에서 시작한 물이
북한강과 합하는 물줄기의
남한강

두 물은 한 몸 되어
서울 지나 서해로 가 끝을 맺으니
물줄기 원류의 고장은 '강원도'
끝매듭 하류의 물 받는 섬은
'강화의 꽃', 강화섬이다

5

한강은 동부의 숱한 산악 가로지르고
계곡 훑아 깎아 내리면서
서부의 평야를 흐른다
강물 구불구불 흐르며
굽이치는 곳마다 개먹어 골 만들고
크고 작게 흙이 덮쳐 쌓여 흐름 멈추기도
물길 바꾸어 산수 한데 어울려

금수강산 절경 빚는다

유럽인들이 부르는 '아버지의 강, 라인'은
스위스 알프스에서 시작해
프랑스 독일을 지나 네덜란드의 넓고 큰 삼각주에
많은 잔 물줄기로 나뉘어 북해로 들어가는
다국적 강이지만
한강은 한반도에서 첫울음 터뜨려
한반도 안을 도도히 흘러
서해로 합치는 한 민족의 한강
영광 축복 길이 안은
민족의 강이다

   6

순 터뜨려 꽃 피우고
열매 맺고 지는 엄동설한
네 계절이 서로 보듬어 감싸며
산악을 움직이는 강물
장엄 광활하게 흐르는
한강은 기풍당당하다

피라미 치리 살치 메기 참붕어 열목어
싱어 은어 밀어 쏘가리 들이
고운 속살 가르며 헤엄치고
촉새 멧새 쇠기러기 도요새 혹부리오리
가창오리 재두루미 들이
푸른 강물 위 날며

덩굴피나무 좀피나무 각시기린초 치마니난초
나도고사리삼 가지백미꽃 애기방동사니 들이
한강 끼고 뚝뚝 떨어지는
햇살 받아 웃고 피고 지니
한강은 태고의 정적 속에 찬란한 햇빛 받아
은비늘 빛나는 물살
잔잔한 웃음으로 가르며 순결히 흐른다

　　　7

정감스런 한강은
젖줄로 윤기 더하며 굽이쳐 흐르는
헤아릴 수 없는 풍요한 물
뜨거운 햇살 풀어지면
달빛 은은히 내려앉고
갈채의 숲은 향그러운 꽃내음 휘덮여
천사의 흰 나래 원무 드리우는
새 소리 물소리 맑은 기운
사람 살기 예 말고 따를 데 없다

나래의 부채살마다 힘 퍼져도
높푸른 하늘 마음껏 날을
자유 없는 날짐승들
보이지 않는 숲의 사슬에 묶인
인간은 숲 벗어나
드넓은 초원 달리지 못했으니

자작나무 쪼고 사는 딱따구리

황량한 벌판에 내풀을 수 없듯
솔방울 까먹는 부리로
떡갈나무 숲 도토리 먹을 수 없듯
전나무 숲에는
잣새 박새 굴뚝새 딱새 꾀꼬리의 둥지
자작나무 숲에는
자작나무산새만의 보금자리처럼
숲은 제각기 자기만의 우리여서
사람도 새도 다람쥐도
묶여 갇힌 자유 누렸다

숲에서 푸르른 초원
평원에서 강물로 터 옮긴 지 얼마 만인가
두 팔 안은 가슴 가득 훈훈히 안겨지는
아, 인간 태초의 자유여

8

작은 거인이 깎아 세운 날 선 돌도끼
땀방울이 송진에 미끄러지며
나무 밑둥 깊숙이 파고들어 삐걱이며
인간의 발밑에 쓰러지는
하늘의 뿌리

하얀 원시의 빛살 침묵으로 선율 켜는
강벌 언덕에 움막 짓거나 동굴 속에 살거나
물감 곱게 풀어 들인 강물,
작살로 고기 낚고

빛나는 강돌 돌도끼로
벌거벗은 풀밭 속 사슴 노루 뒷덜미 쳐
힘으로 먹이 얻어 내는
야성의 조상들

북에서 퍼져 들어 온
옛 아사아족의 한 무리들
양주군 도곡리 돔막리 지금리,
미사리 선리 암사리에 옹기종기 터 이룬
돌 시대의 작은 거인들이여

손끝 움직여 가 닿은 곳마다
원시의 꿈 안개로 피어오르는
화살 투창에 힘살 늘리다간
땅 갈아 잡곡, 벼농사 지으면서
드디어 쇠도끼 쇠칼을 꼬나 쥔
인류의 첫 대단원의 서막,
하늘 높이 떠 흐르는
하얀 구름 구름 떠밀고 열린다

기쁨 슬픔 절망이
한 점 한 점 뜬 구름으로
산 내음 저으며 녹색 바람 안고
어느 골짜기에서 떨어지는
침묵의 별들 한강물에 띄어 갔다

9

한강 다스리는 자 왕업 이루어
비약의 힘 천하로 뻗고
잃었을 때는 짚풀처럼 허물어져
강물에 실려 떠나 버리니
한강의 지배는 융성의 젖줄로
빼앗고 빼앗기는
나에서 나를 나누는 원죄의 악순환을
한강은 돌아누운 채 죄인되어
눈 감고 있었다

정치 꼴 갖지 못한 씨족 부족의 마한이
빛 쓸어 가슴에 담고
내려앉은 물살 위 구름 쪽 가르며
한강 끼고 살았으나
주몽 세력에서 나뉘어 북방에서 남으로
온조, 불류 무리들 힘 모아 세운
질타하는 조직된 큰 힘의 호령 소리는
토착 세력을 뽑아
고대국가의 폿대 세운 나라는
백제였다

한강변 기름진 땅
군사 요새지 가려 위례성 쌓아
진한, 변한의 우두머리 마한과 맞서고
북으로 말갈, 낙랑의 칼날 피해

근초고왕, 아들 군구수왕 같은 백제의 영주는
남으로는 한 무리 마한의 짜투리 땅마저 아우르고

북으로 서해안 반을 차지하고서도
대동강물 한 입에 퍼올리며
평양성까지 밀고 들어가
고구려 고국원왕의 심장에 활촉 박아
기세를 천하에 떨침도
한강을 먼저 다스렸음이다

수모로 미간에 골 패이고
원한이 폐에 구멍 뚫은
불세출의 영주 광개토대왕의 독수리 눈알,
칼날 파랗게 세운 수군 몰고
한강 하류를 단숨에 쳐들어
개선의 깃발 강바람에 나부껴
선조의 피맺힌 한을 강물에 풀으니
낮과 밤, 피맺힌 역사 이어지는 소리
벌건 물살 타고 퍼진다

10

신라와 손잡은 백제는
터주의 쓰라린 패배 씻으러 공동 북벌에 나서니
회오리 이는 발굽의 흙먼지는
모래 바람 일으켜 들판 뒤덮어
억새 풀꽃들 흙바닥에 각혈한다

신라는 한강 상류
백제는 하류 되찾았으나
되앗은 하류마저 신라가 풀은

그물 속으로 빨려든다

백제 투구의 깃털 부러져 나가고
갑옷의 피 발린 죽지는 풀섶에 나뒹굴며
푸른 고원 치닫던 말발굽 소리
백제벌을 떠난다

빼앗은 한강을 도약의 발판 삼아
통일의 큰 일 이루는 신라,
복판 가로질러 숨 가뿌히 흐르는 한강은
피투성이의 무대가 되어
앗고 앗기는 삼국 쟁패의 과녁이 된다

바람에 뿌리면
티끌같이 허무해질 한 판 승부,
눈 쳐들어 세상 밖 보지 못해
같은 언어까지 부수어 내는
찢겨지는 하얀 깃발 깃발들

광개토대왕의 한풀이 한 바람
백제의 왕 왕후 왕자까지 몰살시킨
고구려 장수왕은
한강을 송두리째 건져 손바닥에 놓고
칠십여 년 간 그의 땅으로 다스린다

한강 잃은 백제는 사비로 옮겨
솟구치는 피멍 토하며
재기의 칼 갈았지만

마디마디 잘리면서 허물어지는
융성의 사다리

열대의 뜨거움 느끼며 엉겨 붙은 한 무리들
살갗 터지는 소리
머리 쪼개지는 둔탁한 소리 받아
무너져 내리는 하늘
물벽의 울음

썩은 내음 질펀히 흐르는 늪 쪼아대는
까마귀 떼들의 퍼득이는 날개짓
뜨겁게 달은 황톳길을
맨 무릎으로 부수는
장졸들의 풀어진 눈동자

이 틈 노려 이사부 군사는
고구려 백제 쓸어내고
한강 가로채 버리는
신라 진흥왕의 웃음소리는
강바람 타고 끝없이 흐른다

천년 지나 추사 김정희 찾아낸
북한산 뾰족한 비봉에
신의 남근 같은 우뚝한
진흥왕의 순수비

한반도 중심 강대한 신라 꿈꾸어
한강이 한눈에 드는 자리에 비 세워

정복과 팽창 노린 대왕의 눈길,
작은 나라 벗어 영토 넓히고
세 잡겠다는 이름의 신라
피정복민의 무릎 꿇게 한
왕의 위엄이여

제 죽음 앞에 향불 살라
처자의 삼년상 제관 굴복 입히는
살의의 번식인가,
한민족의 끊임없는 장정의 꿈
한 점 햇살 끌어 당겨
허무 사르는 불꽃인가

   11

믿음 충효 살생 무퇴를 화랑도 본을 이룬
신라의 세속오계,
깃폭에 충혈된 불씨 그어 대며
끝없이 바람 쪼개는 날 센 선의 움직임,
자장의 황룡사 구층탑에 싹 트며 꽃핀
호국 불교의 통일 의식이
신라를 오라로 묶는다

한 그루의 나무도 없는 폐허의 잔등에 늘어진
패잔병의 시체들 시체들
비치는 노을 꺼지고도
산 너머 들판 가득 피머금 풀잎들이
타들어 가는 불빛들

친당 외교로 땅 나누는
나당 연합군이 벌 떼처럼 날아
백제 고구려 문질러 엎는다
반도 넣으려는 검은 촉수,
음흉한 독기 내저으며
당과 싸운 칠년 간
배신의 탈가죽 벗겨 강 건너 쫓아내
마침내 이룬 삼국통일 신라의 꽃

고구려의 짜투리 힘은
북만주 끝없는 평원 부여의 터에
대조영이 발해 일구고
가슴 치며 고구려의 깃발 꽂아
신라의 코앞에 흔들며
당 끌어들인, 외세의 손 빌어 통일한
한풀이 비꼬아 펄럭였다

신라 아닌 고구려가 삼국통일했다면
누구도 넘보지 못할
나라 땅이 넓어졌을까
지역의 벽이 무너졌을까

12

갯벌에 갈 길 잃고 쓰러진
숱한 주검들, 부러진 다리 팔꿈치며
피 굳어 알아 볼 수 없는 얼굴들,
흰옷 까맣게 덮은

한 여름 강변의 쇠파리들,
꺼져 가는 강물의 흐느낌
산새 울음, 억새의 서걱대는 소리
손바닥 땅뙈기에 적의도 없는 민족끼리
모래벌 허연 강변에
죽음 죽음이 마주선 채
성욕을 푸는 싸움 부끄러워
눈 감은 한강

외적과의 싸움에선
분연히 일어 물결 세워 소용돌이치니
힘 센 자의 칼 거부하여
삼국통일되는 날
한강은 자색빛으로 출렁이고
피바람에 찢겨 얼룩지며
어둠 흔들어 털어 내는
갈대의 허리 꼿꼿이 일어서
새아침 맞아 찬란히 빛나고 있었다

한민족을 하나로 굳힌 터주의 신라,
고구려 유민이 세운 발해는
통일의 흠 남겼지만
후삼국을 손 안에 넣은 고려가
글안에게 밟힌 발해 유민을
포근히 얼싸 안았으니
통일 민족의 뿌리는
신라의 토양 속에
첫 싹을 텄다

요 금 원 명 왜 청의 침략에
힘으로 붙여 싸운 싹의 민족 의식은
삼일운동의 함성으로 이어지며
남녀의 직업 신분 지방색 가림 없이
손에 손 잡는
아, 흰 옷의 드높은 기상이여

13

호족들 손바닥에 나뉘어
저마다 다른 몸내 숨결 받아들인
신라 말엽의 한강 유역
북원의 양길이 부하 궁예는
열 손가락 한 묶음으로 휘어감아
태봉국 일으켜 고려 서기까지
한강 거머쥐고 힘 뻗어
신라 후백제와 후삼국 시대 열어
뜨거운 열기 뿜더니

송악의 호족 왕건이
마른 천둥 끈끈한 빗줄기 끌어 모아
잘려 나간 토막의 피붙이들 한데 잇는
고려 일으켰다

신라에는 화음의 고운 손길
후백제에는 독기 번득이는 칼날 들이대
신라 경순왕의 귀순 받아내고
신검의 후백제 힘으로 밀쳐내

후삼국 통일한다
밀고 밀리고 일어나고 쓰러지는
약속 없는 시간의 정복 싸움이여

   14

발톱 키워 이빨에 갈고
용트림한 자리 단단히 다지려는
왕건의 신 부르는 소리,
호적의 딸 스물아홉을 안고 깔고 이고 지고
스물다섯 왕자, 아홉 왕녀 짝지어
핏줄 고리에 고리 걸며
한층 한층 우뚝 성벽 쌓는다

혼탁의 모래 바람 중국 대륙 깔아뭉개는
글안이 뻗친 때 낀 머리칼은
성종의 고려를 그물치듯 감쌌으나
압록강 청천강 새의 여진족 밀어내고
강동 여섯 주 일으켜 나라 땅 넓히는
고려의 힘이여

금으로 이름한 글안은
요, 송의 땅뙈기를 한 삽으로 떠내어
대륙의 주인 자리에 앉더니
다시 우람한 손 뻗쳐
고려의 등덜미 움켜 누른다

   15

열네 살짜리 인종을
십장생 열두 폭 병풍 안에 가두고
향그런 술잔에 담아 놀리던
나랏일, 나랏일
외조부 이자겸의 난으로 황폐화된
개경의 빗물 핏물되어 하늘로 흐른다

묘청이 선뜻 나서 휘두르는 칼춤이
빈 하늘 한 바람 긋더니
'대위'란 나라 하나 서지만
김부식의 칼날에 자락자락 끊겨진
어둠의 잔해가
거리거리에 거름처럼 뿌려졌다

먼지처럼 쌓여 온 고려초,
글 높이고 칼 뭉개는 그늘진 찬 바람이
마른 떡갈잎에 불을 지핀
무신들의 난,
예종, 태자는 곤룡포 벗겨 뒤란으로 쫓고
떨어진 무쇠관 머리에 쓴 명종

왕실 문신 승려 들의 알톨 틀어쥐고
관직을 손가락 새어 부리는
정중부, 무신들의 목 찍어 하늘 높이 치켜든
최충헌 형제의 팔뚝에서 떨어지는
핏물의 어두운 여울

무인들의 웃사람 꺾어오르기의

겨울 흔드는 날선 바람은
농민의 난 부추겨
개경의 하늘은 잿빛으로
산자락은 울음 퍼올리고 있다

고려의 신분을 때처럼 비벼 벗어 내는
조직된 반란 큰 불길로 일어
용상의 세도까지 꺾을 힘
힘을 합한 기력이 하늘 끝 찌르고
강물 밑을 훑는다

아들 손자, 내리 사대의 최충헌 한 집안에
사병으로 진을 친
삼별초의 타붙는 불칼,
소용돌이치는 고려의 헝클어진 하늘
강물은 어둠을 모아 삼키며
뜬 눈으로 유배되어 흐르는 별들을 본다

16

글안족을 쓸어 내려는
동맹 맺은 몽고의 말발굽 소리
고삐 돌려 고려땅을 가른다,
강물을 말린다

한 마음된 불교 뻗치는 힘,
대장경 목판 팔만의 한 글자마다
피로 깎고 새겨 항몽의 꽃으로 피어

적의 가슴을 쳐낸다

망울망울 정교하게 맺힌 팔만의 결정은
몽고 치는 불교의 문화유산
연등회 팔관회의 불력은
고려인 늑골 깊이깊이 박혔다

능욕의 스물여덟 해 고려를 울 안에 가두고
바람을 내뱉으며 빛 자르는 몽고,
한강 유역까지 쳐들어 와
독약 풀어 개경마저 핥은
초록빛 바람은 꺾여 비틀어지고
물살은 속이 타 줄면서
강바닥서 어머니의 울음이 들린다

승려 김윤후의 분노한 화살이
몽고 장수의 가슴 복판 꿰뚫는다
온 백석의 울분 부풀은
저주의 힘살에
등골 부러지고 골 쏟으며
맨발로 도망가는 몽고군,
민족의 강, 한강의 승리였다

왜구의 끊임없는 한강의 분탕질,
홍건적의 난, 난으로
한강은 무시로 뱃길 막혀
굶주림 공포의 안개 강물 위를 쓴다
충렬왕, 공민왕 초까지

여든 해 간 원의 혀 놀림
운신의 틈 펼 겨를 없는 혹한의 바람이
고려의 한강을 얼어붙게 했다

　　17

고려말 조선초는
동서 역사의 기둥뿌리 흔들렸다
밖으로는 원과 명의 자리 바꾸기
안으로는 공민왕 때부터
원의 피 밴 날개 찢으려는
민족 자결권이 민가 사랑방에 움터
도시의 거리거리 산촌 논두렁 우물가까지
봇물 터지듯 흘러 넘쳤다

고려 왕조의 가물거리는 불빛
조선 왕조의 신선한 바람으로 이어진
왕조 바뀜의 전환점

변발, 호복 벗기는
공민왕의 마지막 쏟는 호국의 불길은
사랑하는 노국 공주의 시신 밑에 꺼지고
신돈의 요사한 짓거리에 한 판 놀아나다간
근시의 칼 맞는 흉변, 저 꼴은
그때도 지금도 훗날에도 있을
권세 주변 인물들의 모반이다

고려말 검은 안개 속 가르려는

도선의 도참설
왕의 부풀은 꿈은
폭풍 속의 풀잎처럼 쓰러지며
삼십 사대, 사백 팔십년 고려 왕조는
위화도 회군의 하극상 피 먹으며
막은 내려진다

     18

위화도 회군으로
밀봉되었던 순수의 은빛 비늘 번득이며
미로의 턱 으깨고
퇴락하는 고뇌의 비탈진 틈새 헐어
조선을 연 이성계,
조선 왕조 오백년의 기틀을
한강에 꽂고 한양 천도 이루며
강물살로 일어난 성리학은
유학 일으켜 세워 조선의 틀 된다

     19

선죽교 하얀 돌바닥
정몽주의 숨 쉬는 붉은 핏자국,
방원의 피부름 피부름 이어져
방석 방번의 한 핏줄 태 자르듯 끊어
두 손으로 하늘 가리는
왕자의 난,
왕관에 눌려 눈 가린 방과,

정종은 엄나무가시에 오른
꼭두각시 흔들고 흔들고
태종은 휘파람 소리 내며
허리춤 걷어 남근을 휘둘러댔다

방번 방석 태조 사위 이제의 떨어진 목
전각 뒤란에 혀 빼이고,
지아비 목 가슴에 안아 머리 깎고 중이 된
경순 공주의 아랫도리에선
붉은 경도 뿌린다
한 자락 검은 구름 끌어 당겨
새파란 빛 지피려던
허욕의 방간,
방원의 앉은 자리 넘보다가
방원의 무쇠 늑골에 채여 유배되는
한 핏줄의 세 잡이 난

나라 연 태조의 사타구니 복판에
날 선 유리 쪽 박아대는 피붙이들,
이성계의 머리 속에 달리는
위화도 회군의 천리마 울음소리
골과 골 사이를 메아리치다가
선지핏물 마신다

20

어둠 퍼지면 경복궁 북원에
구성지게 부엉이 울고,

궁전 높이 까마귀 떼 울며 날며
근정전 전각 머리 까치집 짓는
요상한 되돌림들,
별 자리 움직임 그치지 않고
동해 바닷물 핏빛으로
고기 떼 죽어 허연 배 드러내 뜨니
한양길, 천도길
이삿짐 싸는 소리 부산하다

　21

'경기(서울)는 고조선 마한 땅
북의 진산(북한산)인 화산은
용이 서리고 범이 앉은 형세,
남은 관령이 이어이어
오른쪽은 넓은 바다로 둘러싸 지세의 훌륭함은
동방의 으뜸, 천연의 요새지라'
동국여지승람을 빌지 않고서도
엄지 펴 보이며 껄껄대는
왕사 무학도 상책으로 치는
한양으로의 천도

온 나라 곡물 생필품이
바람 안은 황포 돛폭에 실려
한강으로 모여 모여
동족의 혈맥,
조선의 영고성쇠의 운명을
한 몸에 떠맡는 한강,

만 년 태평을 송축하는
정도전의 신도가는
동쪽 바다 하늘 땅에 퍼진다

   22

한강은 한양을 동남서로
굽이쳐 감싸 안은
오백십사 킬로의 강물,
춘천 영월 여주 들판 이루며
김포 들판에 물결치는 벼 이삭 금빛 되어
여의도 난지도 하중도를,
임진강 만나는 하구의 드넓은 초원,
논두렁 밭두렁 사이사이
하얀 그림자들 점점 박혀
기름진 검은 땅 뒤엎는다

마른 바람 적시는 강물은
정선에 한강 연안 나루
광탄진 여량진 후진(서강진),
영춘의 남진
단양의 상진 하진
청풍의 북강진 황강진 출렁이며 충주에 이른다

   23

강변의 충주도, 제천 청풍 원주도
포탄진 신당진 목계진 청룡진 북강진

하여진 가홍진의 나루 돌아 강물 흐르고 흘러
원주의 흥원진,
여주의 여강진(주내진)
천령의 이포진에서
대탄진 사포진 용진도와 만나 광주땅에 이른다

예에서 봉안으로 가는
마점진 두마진,
양주로 건너가는 미음진 지나 광진에 이르는데
나루 모두 한양 드는 길목
예서부터 한강을
'경강'이라 부른다

광진에서 내려가면
삼전도 송파진 신천진 두뭇포 한강도
서빙고진 포작진 흑석진 노량도
용산진 서강진 율도진 양화도 공암진
철관진 조강진과 만나는데

절망의 회귀,
질서 흐트리는 빛의 굴절
부침하는 언어의 부활 위해
한강진 양화진 송파진의 진대 만들어
한강을 지킨다

24

앞 뚫어 보는 태종이던가,

왕 자리 첫 자리 훌훌 벗어 미친 듯 떠도는
양녕의 허물어진 빈 가슴이여
숨으려는 지혜 불끈 틀어쥐고
매일 낮밤 옷 벗는 연습
관절 푸는 신음 소리 절벽 오르고
낮달이 떠도 독주에 눈 못 뜨는
발가벗은 작은 태양

충녕이 앉은 자리
복사꽃 흐드러지게 핀 봄빛 환한 그 자리
서른 두 해 하루가 하루같이
빛의 빛, 씨앗의 씨앗 겹겹 흩낳은
아, 세종대왕의 대왕
백 손 천 손가락 꼬나 펴도
다시 헤아려 되실 길 모자라고
스물여덟 자 한글도
다 적어 드러내지 못함이여

당신 자리는 참으로 왕 자리
하많은 일 크낙한 왕업은
그 누구 것도 아닌 당신의 일
산은 산으로 푸르르고
강은 강물로 길이 깊으니
동터 오는 저 새벽 바다
금빛 물살 보석으로 빛난다

한민족 눈 뜨게 하고
왕실 큰 자랑 기리고 기린

용비어천가,
무변광대 불국의 대덕 읊조린
월인천강지곡,
여민락 은은한 가락
퍼진다 퍼진다, 온 누리에 퍼진다

25

병약한 문종 땅에 묻은 빈 자리에
열두 살 개구쟁이 목침 딛고
용상에 올라앉았다,
단종의 가늘고 짧은 목이여

부리부리 탐욕의 눈알 번득이는
수양이 쏜 화살
캄캄한 어둠에서 빛 피해
용상 머리에 꽂혔다
노산군은 영월로
소쩍새 우는 땅
뜬 눈으로 갔다

임 따라 큰 빛 떠내어
아침 지피려는
사육신의 팔 다리 거꾸러져 허공에 박혔다
들풀들이 눕는 곡소리
궁궐의 단청 들떠 날리는
깊은 시름
비트는 흐득임이여

수양이 주먹 불끈 쥐어 기둥 치니
대들보 서까래 흔들리고
벽 친 주먹에선 생피 흐른다

26

선왕의 모범 치적 써낸
국조보감인들 찬탈을 감출 건가,
만세의 법 만드는
경국대전인들 수양의 검은 속 희다 할 건가

역대 병요의 공으로 수양이 내린
한 품작 특진의 상훈 팽개치고
논두렁 길 걷는 사육신의 하위지,
훈장은 뉘에서 받아
훗날에도 빛나는 건가
꽃들 깨우는 빗물 흐득이는 숲
죽어서 이백 년
숙종이 왕위를 추복한
어린 단종의 머리에 내리는 빗소리는
사방 어느 차가운 뫼에
홀로 누워 흐느적인다

27

핏물 든 금삼 자락이 부른
사화, 갑자사화
무덤 파내 시체의 목 친

조의제문, 무오사화
목까지 차오른 선혈 퍼낸 붉은 노을
북한산 가슴이
한강으로 내려앉는다

어머니, 어머니의 한이
연산의 골수에 징소리 내며 흘렀다던가
여자를 헤엄치는
연산의 불거진 눈알에 이는
파란 불꽃, 저승의 불길
술에 젖어 물에 젖어
경도 쏟아 부은 연산의 침방,
밤낮 바뀌며 음란 깃발 흐느끼는
연산의 그믐달이
어둠을 밀어 내고 있다

말발굽 소리 어지러운
중정반정
문짝마다 뻐개지고
황포 돛대 강물 흔들어
강화섬 오르는 너털웃음,
연산의 눈 속에 와 퍼지는
어머니 윤씨의 피머금 울음소리
살 맞은 어미 따라
울며불며 숲 속 숨어드는 기러기
안뜰 기러기도 둥지 떠나고 있다

28

배 다른 중종 아들들의
왕 자리 뺏기 을사사화,
명종이 떠받쳐 한 무리 이기면
다른 패거리 벌 떼처럼 윙윙거리는
파당의 싸움
궁궐의 높은 돌담 넘어
피먼지 피범벅 들쑤셨다

이제나 저제나
세도 잡이의 끈적한 피멍울
들풀의 휘어진 늑골만
들판에 소리 없이 눕는다

동인은 남인 북인
북인은 대북 소북
어쩌면 같을까 이리도 같을까
상투 잡아 서로 당기는 동서 당쟁
배 주림 허리띠 조여
기 죽은 민초의 허기 채워 주는
임꺽정이
도성까지 기어든다 파고든다

주인 따로 도둑 따로
나라 안은 나라 따로
후미진 흰 자락마다
핏발 선 눈알 번득임이여

29

선조 이십오 년 사월 열나흗날
부산포 앞바다의 풍랑 일으키는
물결의 울부짖음,
갈매기 떼들 겹겹이 나래 펴
피 튀도록 부리 갈고
섬과 섬 서로 잡아
파도 밀쳐 뱃길 막으며
죽을 힘 뻗쳐 제 물길 눌러 타고 앉아
끝없이 끝없이 포효한다

코시니 유키나가, 소오 요시토모의
조총 비껴 든 이십만의 오랑캐 왜오랑캐
부산포는 하늘 높이 곤두섰다
부녀자 흰 치마 자락 찢어
악을 지르는 입 틀어 막어
쥐어뜯긴 머리카락,
피물 든 속곳 흐트러진 황토길로
피륙 쌀섬 나르는 왜구들 손
아귀들의 웃음,
노략질 분탕질에 치오른 불길은
고요한 아침의 강산
난장판으로 들깨웠다

남의 것 빼앗아 숨통 트이고
제 배 갈라 피 먹어 허기 면하는
독사의 혓바닥
한 손엔 꽃송이

가슴 속엔 비수 숨겨
명 치는 길 빌리라는
날름대는 갈라진 두 혀끝 독 품는 왜구들,
혼음으로 낳은 왜구들은
승냥이 갈가위로 치달아
한강을 범한다

요원의 불길 일어서는 흰 옷의 조선,
팔뚝 걷어붙여 삽 곡괭이 치켜들지만
당쟁으로 날 맞으며
파벌로 지샌 또 한 개의 조선,
찢으면 찢기고 밟으면 쓰러지고
찌르면 죽을 수밖에 없이
왜적 앞에 무너져 간다

30

이항복의 촛불 켜든 떨리는 손,
빛은 흔들려도
서행 길에 오른 어가 돈의문 나서자
목숨 바쳐 지킨다는 한양은 버려졌다
개가죽처럼 내동댕이쳐졌다
어쩌면 같을까 이리도 같을까

백성 몰래 피신하는 상감의
뒤통수에 붙는 분노의 불길,
돌 날려도 풀리지 않는
아, 늘 이렇듯 앉아

찔리고 쏘이고 살 베이는
착한 민초의 슬픔은
이 한 번만으로
한숨으로만 달랠 건가

칼끝에 선혈 토하며
시체의 강 이루는 싸움판
그 갈피엔 흙바닥만 핥던
난민들이 술렁대는 핏발,
축재의 탐관오리

임해군 집 불태우며
신분 묶은 장례원 형조 부수어
공사 노비의 문적 불사르고
왕실의 내탕고 쳐들어
금 비단 보물 터는 아귀다툼이여
경복궁 창덕궁 창경궁
칠보색 단청 살갗 터지는 비명의 불길
문무루의 서전, 춘추관의 역대 실록
고려사사초, 승정원일기 들이
잿빛으로 살려지는
한민족 허상이 삐뚤어져 내려앉는 밤,
아, 침묵하는 하늘 우러러
뉘 손들 모아 기도라도 했는가

31

스스로 불 지르는 무법의 한양으로

노도같이 밀려오는 왜구 막으려고
절망의 끝일망정 흔들어
일으키려는 안간힘

젊은 의식의 깃털은
사나이 계집에게 살아
나라 겨레 지키려는 뜻 뻣뻣이 세워
한강은 방어의 용솟음치는
항전의 상징으로
강을 물질하고 일어선다

총알 화살이 강 복판에
부서져 내리는 햇살 헝클며 정적 깬다
이리 뚫리고 저리 박히며
뒤틀리는 한강
강물은 강 속으로 곤두박질치며
온몸을 다시 곤두세운다

여염집 문짝 뗀 뗏목으로
한강 가로질러 밧줄 묶어
실어 온 졸개, 졸개들은 온다
강숲 갈대 들풀들의 자지러드는
닫혀진 강벽의 깊은 우울,
물러앉을 수 없는 저항은 저항이
죽기를 기쓰는 싸움
모래알 진하게 피 엉키고
소용돌이치는 물살 타
분노의 함성 일었다

코니시 유키나가군은 여주 돌아
남한강 건너 한성으로
카토오 키요마사군은 서진해 남산 지나
한강 건너 도성으로,
여린 꽃잎들은 밤 흔들며
애조의 숨결 고른다

흥인지문 숭례문 훤히 열린
죽음의 한양
한강 둑 무너지며
평양 버리고 영변으로 떠난
선조의 경련 이는 눈꺼풀,
명군 이여송의 원병
외세의 힘이
손 들어 웃는다
하늘 들이키는 강물
강물 훑어 마시는
하늘의 물구나무선 슬픔이여

32

한강변에 한 사나이 우뚝 섰다
임란 초벌 싸움에서
총알 피해 화살 한 번 쏘지 못하고
변복으로 도망한 김명원의 통한 갚는 사나이
충장 권율 도원수

행주산성은 한강을 배수로 하는

천험의 요새지,
진 친 권율이 왜적 가슴에 가슴 맞대 피 끓인다

집안 부녀자 버선발로 뛰쳐나와
치마폭 벌려 돌 나른다
큰 돌 굴려 이빨 드러내 기어오르는
왜적 까부수고
작은 돌 하나하나 총알 화살되어
왜적의 가슴 복판을 뻐갠다

하얗게 질려 물러가는 왜적은
저네 시체들 모아 네 군데서 불 태웠던가
불타는 송장 냄새 십리 뻗치며
한강 하늘 검게 그슬린다

행주 싸움 거센 흰 바람이
갈증 느끼는 불새 부리에 불 지폈다
노한 함성 강을 흔든다
들과 하늘 누리 흔든다

관군 의병들 죽음 내놓은 반격전에
궤적 잃은 왜적들,
저희 군량미 쓰려던
용산고의 곡식 불태워져
주림으로 길가에 늘어지는 졸개들
풀어진 희멀건 눈자위들

33

권율의 칼끝에 이는 파란 불
저항의 불꽃
왜적 시체 모래밭 언덕에 쌓여 쌓였으나
벽제관 싸움에 허 찔려
전의 잃은 명군들 원병들,
불리하면 꺼내는 강화 회담, 선상 회담
쭈그러드는 초췌한 한강,
밤이 천근으로 내려앉는 강물 위 물살은
색깔을 낙태하는 하늘 보며 울부짖는다

왜구 다시 쳐들어 온
정유재란,
피로 지킨 바다 또 갈라지고
모함으로 사지 묶인
이순신의 백의종군,
거북선이 토하는 충무공의 불길은
적함 불살아 바다 깊숙이 가라앉히는데

토요토미의 부음이 끌고 가는
왜구 뒷덜미 도륙하려다
아, 노량에 큰 별 떨어지는
살아 눈 뜬 충무공의 끓는 피여,
이순신의 해전 승리는 한산 노량대첩,
행주대첩은 육전의 승리다

찢겨 발린 옷이 살 가린
도망치는 왜적의 몰골 지켜보는 한강,

능욕의 치욕 참느라 응어리진 한숨을
붉은 노을 향해 왈칵 쏟아 뱉는다

　34

왜구들 칼짓에 날려 간
폐허의 조선 일으켜 세우려는
광해군의 뜨는 꽃잎,
대북파에 눌리고 서인 발길에 채여
쫓겨 가는 허허로운 여로,
강화 가는 폐주의 몰골은
무너진 산이다

도끼날에 찍힌 돈화문 문짝,
불길로 새벽 연 성문을
흰 개가죽 남바위, 짚신 차림으로 도망치다
뜰에 꿇어 엎드려
광해군의 죄목 하나하나 짚는
대비의 샛푸른 얼굴에 이는 흐득임
임해군 시체 입에 술 쏟아 붓고
배 다른 동생 영창을
강화섬 대나무 둘러 가두었다간
그마저 눈 감기고
인목 대비 서궁으로 깎아 유폐시킨 죄가
돌풍 이는 내전 뜰 안팎
나뭇가지마다 걸려 잎새로 피었을까

반정, 능양군의 반정

광해의 용포 찢겨지며
궁 나는 불나비 비에 젖으며
그 날개 꺾여진다

35

반정의 못 적어 이괄이 일으킨
또 한 차례의 미친 바람
어둠 쪼며 제치며 날아 온
밤새의 무수리 바람
몸 피해 한강 복판에 이른
인조 얼굴에 지펴진
불길에 싸인 도성의 불길,
빈 대궐로 몰려든 무뢰들
창경궁 전각에 시퍼런 불 붙는다

서북풍 먼지 모래 눈 가려
청맹과니된 입성한 이괄의 군사
강으로 밀려 빠지거나
어둠 속 수구문 뚫고
삼전도, 이천으로 도망친다

느껍다, 졸개에게 죽음당한
이괄의 최후
꼬이고 꼬여 풀리지 않는
매듭 질긴 역사여

36

누루하치 아들 태종의 불타는 가슴 역겨워
명과 손잡은 조선을 뭉개
대륙을 발밑에 깔으려는 야욕
벌판 멀리 퍼진다
압록강 굽이굽이 불길 물길 일으키며
채찍의 돌풍 이는
정유호란이 흰 깃발을 찢는다

구실은 광해군의 원수 갚음
속셈은 군량미의 빼앗음,
후금 선봉대 치닫기 전에 저축 곡식 태워
낱알 타는 내음이
도성 하늘 구름 속 가득 싸인다

틈만 보이면 비집고 발톱 내미는
오랑캐 습성의 뿌리,
만주 북경까지 치달은 후금은 청이라 이름하고
또다시 압록강물 분탕질하며
노략질로 쑥대밭 만드는
병자호란

불길 불길 불길
어느 초승달 밤 강 기슭에서
전우처럼 죽어 가는
어두운 빗소리들
한 줌의 들풀마저 쓰러진다

들었다 하면 뜨는 일
든다 하면 가슴 먼저 내려앉는
때마다 겪는 치욕의 피난길,
맨발로 엉켜 달음질치는
피난의 민초 헤집고 수구문 빠져
남한산성으로 몸 피한
인조의 얼굴, 조각난 얼굴 일그러지며
하얗게 바래 있다

젊은 애 갑옷 입혀 말 태워 총알받이로,
진중에 잡아 놓은 젊은 계집
이놈 저놈 희롱하며
노적가리처럼 쌓인 어린 시체들
진 밖 여기저기 관 짤 손도 없다

이불 없이 잠자리 드는
나랏님의 오그라든 어깨죽지,
장졸들은 달빛 쓰고 쭈그려 눕는다
산성의 찬 바람 찬 서리
얼은 얼굴 검푸러 사람 몰골 아니고
동상 걸린 손가락 흐물거려
죽은 시체 겹으로 성벽 쌓는다
망월대 대장기 꺾은 적의 대포알이
성벽을 허물어도
굴복 않는 숨 쉬는 성벽,
살아 있는 성

드높은 기개 하늘 찔렀어도
어쩌랴, 굶주려 쓰러지는
졸개의 퉁퉁 부은 얼굴들

마전포 남쪽 아홉층 계단 아래
몸 흐트러져 꿇어 엎드린
인조의 눈에 이는 피바람이
강물에 와 잔잔히 가라앉는다

하얀 구름 흔들며 풀어지는
저 짙풀던 하늘 먹구름 덮이면서
인조의 흐린 초점으로 들어오는
하얀 꿈의 뿌리,
뿌리의 수천 가닥 이음이
하늘 자락에 매달려 하염없이 흔들리고

청태종의 웃음 자락에 꽉 쥐어진
어린 소현세자, 봉림대군 얼굴은
바람 부는 쪽으로 까맣게 타고 있었다

볼모로 끌려 간 후일의 효종,
팔년 간 심양의 어두운 벽에 갇혀
어린 마음 멍들고 찢기웠다
왕좌에 오르자마자 군비 쌓아
북벌의 한, 설욕의 한
가슴 밑바닥서 끓어오르는 적개심,
십 년을 하루같이 칼 갈고 또 갈았지만
계모 조비의 독 먹고 눈 감은 왕의 웅지는

아침 이슬빛으로 꺼지고 만다

　　38

주검 주검들 밟고 환궁하는
인조의 어깨 위에 떨어지는
하늘 한 조각,
임금이여 임금이여
우리를 버리시나이까
백성들 통곡이 여울 막는다, 강물 말린다

버선발로 끌려 한강 건넌
양반네 부녀들 오십만이라니
강에는 물결도 일지 않는가
갈대 서걱이는 울음 울음 빗소리에 흘려
그냥 흐르고만 있을 건가
강 타고 앉은
아사달 아사달의 일그러진 몰골이
물살을 휘젓고 있다

위험할 때 외간 남정네 생명 구하려고
손잡아 줌도 실절로 치던 조선의 정절
머리 부딪쳐 골 깨 죽고
은장도, 혀 깨물어 자결한
여인의 지아비는
아내의 뜨거운 가슴 소리 느끼며
허공에 휘젓는 빈손의 허무여
슬픔 받친 목발이 강 속 뛰어든다

39

값을 쳐 구해 오고
땅 팔아 아내 찾아오는데
발만 동동 굴러 북녘 보는
맨손들은 어쩌 것나

강물은 숨 죽여 바닥 깊이 머리 조아리고
구름은 가는 길 잊어 헤매는데
저 삼전도 청태종 송덕비에 내리는
비는 비리고 떫구나

40

무수리의 모태가 웃음 앗아간
영조의 슬픔이여
양반의 감투 무게 저울에 달은 탕평책은
나라 안 파벌 싸움 잠재우나
손바닥만한 땅덩이에
한 줌밖에 안 되는 백성인데
한란 풍란 내음 어떻고
들풀 잡풀 비린내 어떻던가
요것 빼고 저것 치고 남는 것은 무엇인가

쪽마루에 쭈구리고 앉은
머리 앓던 사도세자
뒤주 가마 꽃가마 한강 건넌 바람
정조의 가슴으로 불어 와

슬픔 피우는 꽃잎파리, 이파리
불면의 뒤란을 거니는
혜경궁 홍씨의 닳아빠진 꽃신 뒤축이
우는 법을 앗아 갔다

지구는 하루에 한 번씩 돈다는
홍대용의 지동설은 영조의 업적에 적히는데
눈부시게 떠 있는 태양도
그늘진 전각의 단청을 드러내지 못한다

   41

낡고 삭은 봉건 신분제 쓰러내는
민초 의식이 상투 머리에 싹트며 꽃 피워낸
실각의 힘찬 기운,
권세 허리춤서 풀어내면
천더기 입에 풀칠도,
민초들의 피 땀 쌓은
엽전 꾸러미 소리 절그럭 소리
밤낮 천한 몸
말 한 번 타 보지 못하는
박연암의 '양반전'의 설움

양반도 가진 자 못 가진 자
민초도 거둔 자 못 거둔 자
몰락 양반은 핏발 세워
남은 쥐꼬리 권력 휘둘러
민초 주머니 털고

숨 막히는 민초의 분노는 가면 탈춤에 감추고
판소리 탈춤 이야기책에
피를 토해 쏟는다

나라 사람 모두 양반되면
양반으로 가득 찰 나라,
목젖 닳도록 외치는 다산
만물이 일체, 마음 중화 못 이루면
산 무너지고 냇물 마르고
풀 나무 가축들 죽는다는
썩은 주자학 불태우는
실학의 천둥소리

선비는 손발 꼼짝 않고
피땀 흘려 땅 판 곡식 거저 꿀꺽 삼키는가,
빈이름 훔쳐 백성 속이는 좀이
도포 입고 도둑질하는
거리거리 열어젖힌 싸리문

임진왜란의 선린
병자호란의 사대도
아무 효험 없이 마침내 일어선
실학의 물꼬
태산 움직인다 강물 일으킨다

백성이 먼저요 민생이 첫째요
민고의 주림에 벗겨지는
성리학 예학의 빈 껍질,

인간 해방, 민초 눌린 싹 일으켜
하늘에서 왕권 내리지 않으니
백성 손에 백성 힘으로 퇴락의 씨 훑는
다산 정약용의 움튼 사랑의 자리에
'요한'이란 천주교 이름이 눕는다

   42

허깨비 주자학 벗어 실학이 눈 뜨고
천주교 서학이
한강변 남인파 선비들 손에 바람 일으킨다
지구 둥글다는 '지봉유설'의 이수광,
한강 유역 광주땅서 팔십 평생 빛 등지고 살던
등 굽은 이익, 다산 정약용, 이승훈

밖에서 들지 않고
남인파 선비 스스로 첫 천주교회 세운
세계 전교에 없는 우리 민족의 기적
문 열어 받는 서양 문화

지봉유설의 '유설' 읽으면 총명 번득이고,
귀머거리 세 귀, 장님이 네 눈 얻는
첩 자식 설움 엮은 '홍길동전'의 허균이 첫 믿음자고
첫 영세 받은 이승훈 가슴은 뜨겁다

천주교는 요술쟁이, 피비린내 백년 풍긴다
사도 세자 굶겨 죽인
대왕대비 순정황후의 독기 서린 농간이

천주교 감싸 안은
정조를 파랗게 질려 눈 감게 한
내리는 피바다, 신유교란이여

서서문 밖 네 거리
이승훈의 목피 튀겨 구름 붉게 물들여지고
정약용은 귀양 가
다산 기슭 산정 제 홀로 열아홉해 간 새 학풍
가슴 터지게 모아 모아 나라에 퍼친다

첫 신부 김대건, 신부 김대건
한강변 새남터서 혀 빼인 성인의 머리,
병오교란의 음산한 하늘 까맣다 까맣다

43

크구나 무겁구나
열한 살 순조 머리에 쓴 왕관이여
외척들의 신들린 세도 춤
궁궐의 댓돌 움직이며
풀뿌리 일어나 뒤집히고
허연 수염 까만 수염 서로 엉켜들어
앞을 가릴 수 없다

철종으로 이어진
안동 김씨 대감들의 도포 자락 이는 바람
밟혀 쓰러져 비틀어지고
밑바닥 기며 숨어 사는 들풀들

늘 비에 젖더니
까만 절망 흔들어 깨우며 일어나
곡괭이 쇠스랑 번득이는 농민반란
털도 없는 순조의 앞가슴 헤치며
밀물처럼 넘친다

홍경래의 난, 짚신 자국 흰 바람 휩쓸고
철종 등에 깊은 골 판 진주민란은
나랏님의 귀한 몸 벼랑 끝으로 몰았다

신분제의 질곡으로 한 지어 흐르는
천민의 급한 여울물
빗물 말라 사막처럼 타 죽어 가는
피 말리는 가뭄 가뭄

정감록의 예언 봇물 일 듯 골목 누비며
들에서 들 강에서 강으로 늘려 불더니
광산 막벌이꾼 핏물 뿌리듯
조선 양반 사회에 한기 쏟는다

44

시대 기울어도 사람은 난다
사회 어지러워도 새 기운 싹튼다
남쪽 고을 이인 하나 새 얼 일으키는
동학의 최제우,
봉건에 맞서 묵은 틀 벗겨낸다
사람이 하늘이니 백성이 하늘이니

짓눌린 민초에 뿌려진 빗줄기
후련타, 시원쿠나

칼 집고 일어선 녹두장군
대죽 깎아 창 벼르고
녹슨 호미 칼 만들어
잠든 삼천리 북치며 깃발 휘날린
녹두장군 전봉준

'새야 새야 녹두새야, 웃녘 새야 아랫녘 새야,
전주 고부 눅두새야, 함박 쪽박 열 나무 딱딱 후여'의 노래엔
서리맞은 꽃잎처럼 수모의 흙 구덩이에 휩싸인
백성의 원혼 있었다

천명 받아 삼라만상 통치함의 천지 감싸 안은
일월오악도 병풍 쓰러뜨리고
후사 없는 철종 이어
열두 살 어린 고종의 손목 나꾸어 챈
흥선군의 흩날리는 턱수염,
순조 후 육십 년 외척 안동 김씨에 주물린
조선을 왈칵 움켜 쥔
흥선의 뱃가죽 주름 뻣뻣이 썼다

길흉화복, 왕실의 내밀한 얘기 감싼 왕궁
임란에 잿터로 남아
왕권의 권위 내세워
찌들어 말린 나라 재정 뒷전 돌리고
다시 일으키는 경복궁

품삯 없는 부역의 손 부르터지고
한강 나룻배 손에게 받은 도진세,
아이 밴 여인에겐 한 사람 반의 인두세라
밤마다 자지러드는
반월의 물소리에 젖은 헌종이
바닥난 내탕금 메우려
한양 사대문의 입문세 받은 일
번개처럼 떠올린 대원군, 흥선 대원위

운현궁 하인들 융복 입혀
사대문 팔소문 드나드는 사람 말고도
짐바리 마소까지 문세 받아 보태는 것 모자라
경제를 휘말은 당백전

양반 귀족, 민비 외척 세력이
대원군의 불거진 코끝을
가시 덩굴로 비벼대고
상민 차별 터져라 외치는 민초의 반란이
지각 흔들며 쟁기가 어둠 찍는다

45

어지러운 시대는 무섭다, 간이 떨린다
무쇠배 한강 거슬러 오른
어길 길 없는 개항,
서구 제국주의에 또 알몸 내맡기는 한강
오욕의 빗 부리 맞을 수 없어
좌절 틀어 벗는 한강,

물살 빗겨 새로 세우고
흩어진 머리칼 하나로 뭉뚱그려
도전의 힘 길러 뻗친다
순결 덮치는 검은 마수 허리 찌를
적삼 속에 감춘 은장도의 푸른 날
꺼내 치켜 세운다

프랑스 함대가 양화진 거쳐
한성의 턱밑 마포로 들어 닻 내림은
제국주의의 음흉한 포함 외교의 시작이다

양이 보국의 날센 한 칼
대포에 맞서 외친다
덜컥 한강 내준 임란 때와 다른
부라리는 대원군 범의 눈빛
움켜 쥔 주먹에 이는 푸른 서리

강화도에 진무영 두고
대포로 겨냥 한강 물길 그물로 쳐
외세 막아내는
쇄국의 빗장 걸어 잠근다

46

미국 함대 제너럴 셔먼호의 침공도
불섶 지고 길길이 일어선
항전의 물결에 밀렸지만
미국의 무력 시위는 본색 드러내

한강 어귀 광역진까지
살쾡이의 파란 눈알 불을 켰다
포탄 날아 물기둥 일으키며
뱃길 막히는 한강
물건 값 곤두섰지만
민심 출렁이며 되찾는 광역진,
척양척화의 치 떠는 대원군 앞에
무릎 꿇는 외침들

47

'양이가 화를 원함이 무언지 모르지만
수천 년 예의지국이
어찌 견양(미국)과 서로 화평하는가
화를 말하는 자 매국율로 다스리려'는
척화비 서슬 퍼렇게 두 눈 부릅뜬
흥선 대원군의 한풀이 한마당

만여 명의 천주교 신자 목줄기
피 모래 뒤엉켜 나뒹구는
한강변 새남터 모래밭
목숨 부지했어도 굶주림 추위 병으로 죽은
교인의 꽃상여 요령 소리 구슬피 줄이어
북망산을 덮었다

포도청 옥마다 죄인들 넘쳐
재판할 겨를 없고
아낙네 어린애까지 뜻 안 굽혀

따라 죽음 택해
수구문 밖 버려진 시체 산으로 쌓였다는
근세조선 정감의 기록,
대원군 외풍에 피맺힌 증오의 검푸른 얼굴이
검은 구름 뜯어 낸다

'얼굴에 물, 회를 받은 수난자 안드레아,
성주 예수 성분의 수위를 받은
그대로 받은 복자 안드레아!'
정지용은 시로써 김대건 신부 죽음 슬퍼한다

48

조선은 해뜨는 아침의 나라
스스로 뜨고 지는 문화의 주권국을
구미 열강 알면서 틈만 엿보며 넘본다
간계한 안개 피우며
광역보 앞강에 머리 내민 함대,
포문 일제히 입 열어 불덩이 토해
강물 붉게 타오른다
아시아 함대의 사나운 갈퀴에 돛 꺾여
끝이 나는 신미양요

탄핵 상소로 하루 아침
쇄국의 권좌서 물러나는
대원군, 떨리는 수염
씨붙이 민씨 정권이 기지개 켠다

49

본노 슬픔 느낄 수 있지만
두려움 모르는 한강
할퀴고 짓밟고 찢고 짓이기는
한민족의 아픔을 수도사인 양 꿋꿋이 악물고
한민족의 강으로 흐른다

어둠 거센 물살 누르고
왜구의 운양호 닻 내리자마자 석유 뿌려
요새, 민가에 불 지르는 행패,
어린애조차 다투어 강물에 몸 날리는
아, 바람에 나부껴 열닢 백닢 떨어지는
여린 꽃잎이다

턱 앞에 들이댄 강화조약에 토해 바른
붉은 선혈의 응어리
해외 시장의 징검다리된 조선,
저를 제대로 다스리지 못한 황량한 한강은
순백의 영혼이 퍼렇게 멍들어 감을
긴 몸으로 느끼며 뼈울음을 듣고 있었다

50

일제의 힘 등에 걸머진
갑신정변의 그 기운이 몰고 온 청일 싸움
청일 양군의 발바닥 붙이게 한
군란, 임오군란

아홉 해 동안 만공의 통분
가슴에 담아 잦아들지 않던 뾰족한 심지는
임오군란으로 뻣뻣이 커지며
되찾는 세도가 대원군의 터지는 너털웃음

지치고 지친 농촌의 함성 끝 모르고
화적 떼의 노략질,
모래 겨 섞은 봉록미에 터지는 피구름,
개혁, 일제 침투에 저항 하늘 찔렀다
대원군 형 이최응을 민씨파로 도륙내고
창칼의 숲 빠져 상궁으로 변신
충주로 달아난 민비의 버선발 무겁다

만국기 같은 원색 차림이 한길의 먼지 너풀대는
공사관 구미인들 역한 향유 내음이
장죽의 담배 연기 속에 섞여
열린 시장의 틀이 된 한강이여

임오군란 뒷처리로 맺어진
제물포조약, 조일수호조규속약,
일제는 허기진 배 채워 간다
한강은 성채에서 뱃길로
서울 인천 잇는 강물에 뜨는
일본의 연기 뿜는 증기선

조선국을 속국으로 종주국 행세하며
민씨 내정에 깊숙이 손 찔러 넣은 청의 힘,

조선을 자주 독립국인 양 부추기며
한강 끼고 좀 먹어 가는 일본의 음흉한
누런 이빨 새의 피 바람

51

과거 치를 군역, 부역에서 빠질 특권을
이마 한가운데 문신으로 새긴
양반네들에 맞서 튕겨난
최제우의 동학,
동학꾼의 힘으로 일어난 농민 봉기는
열두 치마폭 주름 잡듯 삽시간에 삼남을
벌건 물살로 휘젓는다
손이 가 닿지 않는 민비의 손짓에
말 타고 달려 온
청의 이홍장 가슴 속셈은 어떤 건가

되앗은 궁궐, 춤추는 버선발 뒤집는
경문제문 주문 외우는 소리,
절간 사당으로 바뀐 내궐은 궁중 태평 으깨고
민비의 성덕 읊는 간계한 잡배들이
고종의 빈 용상을 흔든다

52

일본 이토오 내각의 음란한 허약한 아랫도리
파벌의 앙칼진 시기 모함,
그림자처럼 스며드는 천주교 밖으로 내뱉으려

청과 한판 걸고 조선에 출병한 일본군
꺼져 가는 욕정에 시퍼런 불씨 댕겼다

내정 개혁 물고 늘어지는
일본의 사악한 입김 한사코 내젓는
민씨의 가냘픈 손길, 흰 살갗 긁어대는
날선 손톱, 왕발톱

민씨 정권 내몰은 일본 독기는
이윽고 총 칼로 담을 싸
왕과 민비 가둔 경복궁,
죽은 눈 다시 뜬
대원군 손에 쥐어진 토막난 무쇠칼,
암담한 피구름 하늘 덮는다

차마 저질러선 안 될 미개 일본의 야욕은
명성황후 허리 난도질해
우물에 넣었다 끌어내 석유 뿌려 불태워
증거 지우려는 사변
을미사변,
피울음 토하며 싸늘히 식어 가는 한강
표류하는 물살은 살 속 깊이 깊이
역사의 증언 새기고 있다

53

민비의 시해, 단발령으로 일어난
유생들의 을미의병,

상투 움켜 쥔 억센 손이 일본의 목줄기 감았으나
몇 푼에 팔린 두 장수 배반의 손
남한산성 문짝 산산 조각나 뜯겨지며 잘려지는
들숲들의 몸부림

54

임오군란은 청에게
청일전쟁은 일본에게
아관파천은 러시아에게
이런저런 이 간섭 저 놀림으로
껍질 껍질 벗겨지는 자주성,
눈물 뿌려도 달랠 길 없는
빈 가슴 한 켠이라도 채우려는
영은문 터에 세워지는
독립문이여

나랏님 자리 러시아 공관으로 옮긴
고종의 머리카락 불 붙으며
줄어드는 키 다시 재 보고 재는
고종의 혀 끝에 어눌어눌 굳어지는
러시아 일본 중국 말 하얗게 부서져 내린다

대한제국의 틀 뒤뚱거리며
사귀 물러나는 아픔이 창자 가른다
경운궁으로 환어하는 날 길가 늘어선
친위대 순검들 칼끝이 햇빛 받아
파랗게 휜다

민초들 갓 벗어 비벼 뭉개고
가게 빈지 닫아 건 종로 장사꾼들
스승 제자 손에 손 움켜 잡고 치떨은
아, 천구백 십년 경술국치여

   55

황성신문 장지연의 분 터진
논설 사백팔십 자, 한 자 한 자 불씨로 튀어
천배 만배로 부풀었다
시민 항쟁의 도화선에 불 지펴지고
다투어 이은 음독, 자결 삼천리 줄줄
헤이그 밀사 이준의 분사,
민영환은 배 갈랐다
하늘에 찬 분노의 열기
눈물로 넘친 뼈만 남은 바람에 밀려
한강은 미치며 쓰러진다

남정네 담배 술 끊었고
부인 기생 접대부 학생 들은
반지 비녀 가락지 꽃값을 성금으로
나라 찾는 국채보상운동이
산골짝까지 구석 구석 퍼졌다

고문에서 차관정치로 탈 바꾸어 쓴 한일협약,
군대 해산시키는 일본칼 끝에 묻은 살점 빨갛다
일어서 외치다 쓰러지고 쓰러져 피 토해 내니

돌아앉은 독립문
벌떡 자리 차고 일어선다

탕탕탕
열차에 내려서는 흰 턱부리
이토 히로부미 가슴팍 꿰뚫은
안중근의 세 발 총 소리
얼어붙은 하얼빈 하늘 울리는 메아리 메아리

'방아쇠를 잡은 것은
당신의 손가락이었지만
원수의 가슴을 꿰뚫은 것은
성난 민족의 불길이었네
온 세계를 뒤흔든 총소리는
노한 하늘의 벼락이었네'의 조지훈의 시

'몸은 삼한 땅에 있지만
이름은 만국에 빛나고
생은 온 해가 못 되지만
죽어서 천추에 살리라'의 중국 원세개는
우러러 안중근 찬미한다

일본 귀족의 작위 앞가슴에 단
이완용의 한일병합조약,
술잔에 넘실대는 피 냄새 저으는
살피듬 번들한 이완용의 입술,
누군가의 치를 떤 손길이 목을 조인다

일천 삼백 구십이 년 태조 이성계 이룬
조선 왕조 오백십팔 년의 주권이
게다짝 때 낀 발밑에 깔아 뭉개지며
임금의 눈 앞 가로막는
경복궁 앞터 문질러 우뚝 서는 통감부,
한강 깊고 넓게 퍼지는 비통의 눈물은
이천만의 한의 물길로
하늘 끝까지 분수처럼 치솟는다

56

명산 신돌석의 항쟁
십삼도 창의대, 활빈당의 저항
민족 의식의 큰 불길은
실학을 크게 태우고
민중 토양의 틀 잡아 뿌리 내린다
허허 벌판, 바람 회오리치는
서러운 땅 북간도
제 터전 일제에 앗기고 쫓겨 가는
배곯아 허리 굽고 누렇게 뜬 얼굴들이
압록강 건너 맨발로 이어이어 간다

짓밟혀도 일어서는 질경이의 끈질긴 목숨
그대로 주저앉을 수만 없는
반만 년의 뼈대
안악, 백오인사건,
대한광복회 비밀 결사들 가슴 뼈개는
분노의 한이

적의 가슴팍 찢으며 터진다

57

독약으로 시해되었다는
고종의 갑작스런 붕어,
이완용 일곱 적이 도장 찍어
고종 코앞 드리대며 비준 강박한 일제가
파리 강화회의에 보낼 신빙서에
내젓는 손에 독은 들리고
시중든 두 궁녀마저 남은 독 먹인 일제 만행,
덕수궁 앞 통곡 소리 산 강 메우고
배 가르고 분통 터져 죽는
흰 옷의 백성 백성들

진달래 빨갛게 타는 국장일은 삼월삼일,
불경을 피해 삼월 초하룻날
드디어 하얀 비둘기 떼
하늘 높이 높이 떴다

탑공원 팔각정 드높이 휘날린
삼태극 태극기, 대한 독립 만세
엎드려 바닥 치던
독립문 두 손 쳐들었고
주저앉아 발버둥치던
보신각 인경 소리
방방곡곡 높이 외친다

58

기미년 삼월첫날
조국광복, 자주독립 아우성
민주 첫 횃불 타오른 거대의 민족 운동
탑 공원에서
마지막 한 사람 끝순간까지
아우내 장터에서
유관순이 터져라 외치는 독립 만세,
산 바다 들 강 한순간에 터져 버린
민족 자주 해일이
하늘 바다 뒤엎는 수많은 죽음
영원히 살아 있을 눈알들은
하늘이 죽어 있지 않음을 알고 있다
물 먹이고 불 당근질로 조이고 주리 틀려도
비상하는 뜨거운 혼은
깃털 빠지는 것쯤으로 웃으며 한강 떠나는
아, 조선의 펄럭이는
하얀 깃폭이다, 날개다

59

무단에서 문화의 탈 바꾸어 쓴
음흉스런 새 총독 수레 박살내는
강우규의 폭탄,
조선의 경제를 짜낸 한민족의 원한인
동양척식에 날린
나석주 의사의 손가락 열 끝 불끈 쥔 폭약

백범의 가슴으로
동경 사꾸라 다문 밖
히로히토의 심장 터뜨리려는
이봉창 의사,
석달 뒤 상해 홍구 공원 붉게 물들인
윤봉길 의사의 쾌거

일제와 부딪친 맨 주먹 맨 가슴은
용광로 쇳물처럼 끓고 끓어 넘치더니
폭약 안은 젊은 피 부글부글 솟았다
치솟는 피 삼천리 방방곡곡
저항의 불길 지펴
그 기세 하늘 뚫고 한강에 굽이쳐 흐르며
마디마디 강물에 피값을 헹군다

60

북악 하늘 흰 구름 흐름 멈추고
흐드러진 남산의 꽃들 시들며
빛 잘린 달빛도 고개 숙인다

삽시에 수만으로 불은 흰옷의 대열들
돈화문 앞 눈물의 강은 바다로
성당엔 봉도의 곡소리, 종소리 구슬피 퍼지고
예배당 불당 오열의 소리 기둥 흔들린다
망곡이 뒤흔든 정동의 이화학당
흰 저고리 검정 치마 댕기 푼 몸부림

모후 죽임당한 끔찍스런 수난,
선황제의 죽음 뒤에 짙게 깔린 그림자
불운의 마지막 순종 서거는
높고 천함, 늙고 어림 가림 없앴다
돈화, 금호 두 문 앞에
몇 십만의 애통이 끓는다

권번 기생 오백 명
배치마 짚신 차림 울며불며 달려오고
평양 감옥 죄수 삼백 명
곡기 끊고 통곡한다

고종의 독약 시해 똑같다는
바람 타고 퍼지고 퍼졌다
일제 군경 번득이는 칼빛 하얀 달빛 삼킨다
풀피리 우는 한강의 물비늘
숲 속 나무들 혼자 침묵할 수 없어
바람 불러 잎새 흔든다

순종의 죽음 태운 꽃가마 창덕궁 떠난 유월열흘,
한 소리 한 민족의 소리 대한 독립 만세
'피의 값은 자유다' 뽑는 총알 맞으며
육십만세운동 불길 핏빛 물들인 하늘

조선 여학생 댕기 머리 희롱한
일인 학생 더러운 손길
일본의 명치절날 학생 분통 터져 터져

민족 운동 돌개바람 일으킨
저 광주학생운동,
줄줄이 엮어엮어 창살 속 밀어 넣고
물 고문 불 고문 비명 소리는
한성의 지붕 지붕 바람 엎혀 떠 움직인다

61

베를린 올림픽 손기정의 월계관
깎은 머리 맨 머리 찔러
조선 동아 인쇄기에 흙 뿌린
일장기 말살 사건
민족혼의 외침이어
잠시 숨 죽일 뿐 민족은 죽지 않는다

총알받이로 대륙 전쟁에 뿌려진
학도병의 핏물
사철이 불볕 불타는 남양에
처녀들은 정신대로 왜병 제물되니
아, 우리의 아들 딸들 이렇듯 이렇게들
걸레처럼 개처럼 지어 갔다

62

서른여섯 해 갈수록 억세지는
일제 쇠사슬
죽음이 노숙하는 한반도
슬픔 원한만이 허공 돈다

나라 훔치더니 말 도려내더니
이름마저 창씨 개명으로
노기의 함성 산 강에 메아리쳐
일제에 항거하는 죽음 행렬
백두에서 한라까지 이어졌다

63

한강, 오열하는 겨레의 가람
옛 것의 허물 벗는 게 아닌
한강 그대로의 얼 살아 흐른다
한강에 가로 누운
일제의 철길 무쇠 바퀴 굴러도
강에서 태어나 강에서 살다가 강물에 실려
강바닥에 수장될 한강 끼고 사는 강 사람들
그저 바라볼 수만은 없었다

한강은 몸살을 앓는다
모래알 하나하나 순종 거부하며 입 다물었다
푸른 강물 더 푸르지 못해
나루터 옛 것 그대로 정취 풍류 담은
한강의 풍속도는
바닥 깊이 비수를 갈았다

64

'한강수라 맑고 깊은 물에

풍덩실 빠져도 애고 나는 못 죽어
에야에야 에헤야, 에헤야 에헤야 에헤요
에헤야 얼사마 둥게디어라, 내 사랑아
너는 죽어 만수 청산이 되고
나는 죽어 꾀꼴새되리란 말가
널랑은 죽어서 모란이 되고
나는 죽어서 어루화 범나비 되잔다’

서민의 애환, 임 그리는 한강수 타령은
한강을 떼 놓고 생각할 수 없는
강 사람 구성진 노래,
한강변 객주집 술상에서 춤사위에 맴돌다
물살 따라 서해로 빠져 갔다

닻 감은 후 돛 달고 노 저어 바다로 나가
잡은 고기 받아 싣고
한강에 이르러 부르는 한강 뱃노래도
한강수 타령에 묻어 갔는가

호적 꽹과리 징 북에 날리다가
흥 돋우면 객주 아낙네들
술동이 이고 마중가던 고갯배는
강 너머 지평 벼랑으로 밀려 갔는가

65

강산 짓밟혀도 겨레는 남아
일제 패망한 팔월 십오일

암울한 시대의 긴 터널 끝나고
겨레는 눈부신 팔월의 태양 온몸으로 안는다
외제 도끼날에 찍힌 땅
이름 잃어버린 땅
주인 못 가진 땅
그 땅에 태극 깃발 퍼득여 퍼득여
천만 억조 퍼득여
하늘 땅, 쓰러진 들풀들
목 터져라 외친다
광복 만세 만세

희열의 비늘 은빛으로
무덤 속 길게 누운 몸 일으켜
허리 꼬아 용트림하며
하늘 우러러 짙푸른 빛으로
물 속에서 피어오른다

서걱대는 갈대숲도 팔월의 빛살로 빛나며
강바람 일렁이는 자유 해방 뜨거운 함성은
강에서 들로 들에서 산으로 어울려
나래 마음껏 펴 큰 물결 일으킨다

66

건너간다, 건너온다
갇혔던 사람 풀려 한강 넘나든다
학병 징용 끌려 간 애비 오라비 지아비
두 팔 떨어져라 만세 부르며 한강 건넜고

남녘 보며 눈물 마른 만주 벌판 동포들도
독립 만세 소리 높여 외친다

애국지사들 다투어 한강 건너 환국했고
외지에서 객사한 넋들도
영혼의 강 건너 조국 품안에 안긴다

왜구 오랑캐 구미의 침략자들에
찢겨 발려 더럽혀진 한강, 민족의 강
부끄러운 역사 떨치고
한 꺼풀 두 꺼풀 묵은 때 털고 벗기며
굽이굽이 일어 외친다

67

그러나 아프다, 국토 분단이여
남 북 둘로 부모 형제 핏줄 갈리고
삼천리 금수강산 민족의 강이 등뼈 가른다
아, 한강, 내려앉는 하늘에 손 저으며
추락하는 강물

흐름 역류하고 강물 메말라 갔다
오천 년 나라 연 이래 이 슬픔 이 아픔
누구의 발길로 이렇듯 푸른 강의 목 졸리는가
둘로 잘리는 아픔이
겨레의 심장을 대못으로 쾅쾅 박는다
폭음하는 강물 흔들어 깨우는
하늘서 떨고 있는 구름들

한 핏줄 서로의 가슴에
차가운 총구 들이댄다
왜구 오랑캐, 구미 침략자도 아닌
한민족 백의 민족끼리인데

온종일 강물은 울고 있다
강물에 쏟아지는 햇살 밀어내
제 살 제 뜯으며
강물은 전율하고 있다

분단의 씨 뿌린 일본 말고도
갈라 놓은 동서 이데올로기의 잔해들
우리가 거둘 차례인데
아, 캄캄한 강물에 표류하는
민족의 바람 피멍울 터뜨려 칼 갈 차례인데
햇빛 등진 강물은 무엇 때문에
잠들지 못하는가

동강난 산과 들에 터지는 포성
유월의 푸르른 하늘 포연으로 검게 물들었다
돌풍은 피울음 움추린 산하에 뿌리니
태양은 숨어 눈 감았다
포탄 맞은 강은 급한 물살로 제 몸 쑤시며
잘라진 지체 어쩌지 못해
캄캄한 절벽으로 숨어든다

캄캄한 어둠 사르는 불길 하늘 치솟는다
한순간 모든 것 앗아가는 폭음 섬광
허리 분질러 놓고 뼈 살 짓부순다
쇠다리 두 동강나 강물 속에 거꾸로 박힌다
하늘 한 쪽이 기울어졌다
잘린 다리 아래
분노의 강물 속에 수없는 목숨들
혈흔도 없이 사라져 간다

눈 반만 뜬 채 죽어 가는 민족의 얼굴
절룩거리는 한강 건너 또 건너
남으로 가는 우리의 가슴들

  69

인천 하늘 날으는 열여섯의 비둘기 나래
별 뜬 서울 하늘에 긋는
오천 년 애환의 역사
알몸 알몸으로 체험한 한강은
안개 뜯어 내며 가슴 활짝 열었다

져버린 꽃을 슬퍼만 할 때가 아니잖는가
이제사 헤어졌던 강줄기
한 몸 해후의 벅찬 기대
얼마나 시달렸었나 가슴 황폐시키는
지난 역사의 매몰참이여

  70

한만 국경, 압록강물 수통에 넣는
병사의 뼈저린 분단의 설움
이제사 한강은 위대한 부활로
하나로 합쳐지는가

만폭동 기골찬 물소리
우통수 은은한 해맑은 샘물
다시 태어난 새로운 강물되어
손 비벼 발 씻고
동족상잔 피비린내 씻으며
다시 흐른다 흐르면서
알알이 검붉은 피물들은
산하의 원죄, 살기 위해 죽은
죽어 간 눈들의 지표 잡아 주며
사랑의 강물로 도도히 흐른다
아, 한강이여, 그대는 이제
안식의 품으로 들어가는가

쓰러지고 꺾인 인동의 숲 강변의 잡풀들
포탄에 허리 잘린 나무들도 해골 털어 내며
상처 어루만져 새살 돋아낸다

71

그런가 싶더니
한반도의 피맺힌 숙원 풀리려 했더니
잘린 강줄기 맥 이을 줄 알았더니

누비옷 오랑캐들
얼어붙은 압록강 꾸역꾸역 기어 온다
동지섣달 찬 바람
꽁꽁 얼은 빙원의 산야 흔들어 깨우는
한민족의 대이동, 한강 한강으로
꼬리에 꼬리 잇는 피난 대열
눈보라 혹한도 이들 발길 멈추지 못한다
동상으로 발가락 떨어져도
대동강 부러진 쇠다리에 잡아 묶지 못한다

정월의 한강물은 얼었다
한강물 안으로 분노 더없이 뜨거워졌다
닳은 강바닥은 드러나지 않고
뼈 깎는 섣달 한천에
강물은 울고 있었다

피난의 얼어붙은 물결 이어지며
기억된 꿈, 잊어버린 슬픔으로 낙인되어
죽은 듯 얼어 있는 한강,
언덕이 가라앉고 개펄 잠기는 한강
고뇌로 몸살 앓는 한강이여
봉오리지면 꽃 피고 핀 다음 지고
또 잎 터뜨리는 봄은 오잖은가
아, 얼어붙은 강
꽃 피어 풀리는 날 언제인가

72

여의도 마포나루 건너
강바닥 훑는 손 터져 갈라지고
주림으로 뱃살 일그러졌다
눈물 슬픔 가눌 길 없이
이어진 한강 물줄기 또다시 잘리는
질곡의 판문점, 칠월에 실종된 평화
휴전선 백오십오 마일
남 북의 철조망 쇠가시마다 발린
겨레의 살점 경련 일으키고
한민족의 반과 반이 등 돌린
저 천만 이산가족의 애끓음

아, 하늘은 알고 있다
한강은 알고 있다
산과 산은 만날 수 있는데
나무와 숲은 만날 수 있는데
강물과 강물은 만날 수 없는…….

제2부

    1

한강은 한민족 아들 크낙한 입에
물려 빨리게 한 민족의 젖줄이다
순결한 신의 정액
생명 불어 넣는 구원의 불꽃이다

중국의 위, 진나라 때
'띠대'를 써 한강을 '대수'라 이름했고
고구려 광개토대왕비에는 '아리수'
백제 때는 '욱리하'
신라 때는 상류를 '이하', 하류를 '왕봉하'
고려 때는 '열수'요
조선에 접어 '한강,' '한수'로
이름은 때마다 나라마다
흐르는 물살에 떠 흘러 흘렀다

한강은 남, 북한강 상류에서
설악산 오대산 월악산 속리산 끼고
허리춤에 물 더 받아 하류에 이르면서
서울 꿰뚫어 북한산 비껴 흐른다

파로호 춘천호 소양호 의암호 청평호는
북한강 물줄기를 댐으로 막은
인공 호수로 줄 잇고
호반 주위엔 남이섬 고석정 구곡폭포 등선폭포,
팔봉산 공작산의 빼어난 산악과
청평사 상원사 흥국사 공주탑 칠층석탑 위봉문 널렸다

중국의 서안, 러시아의 바이칼호 지대와
삼대 신석기 유적지로 꼽히는 암사동,
혈거 터의 문화유적 즐비히 늘어서
그때를 숨 쉬고 있다

2

남한강의 백미는 단양팔경
도담삼봉, 석문 옥순봉,
강병 휘감아 싸듯한 구담봉
소백산 깊은 골짜기 옥류 따라
우뚝 솟은 사인암 상선암 중선암 하선암이
사방 사십리에 부채살처럼 퍼졌다

비맞는 청풍 단양의 돌밭엔
문양석 미석 석중석 경석의 보석 같은 수석 명석이
영롱한 오색 무지개색 띠며
탐석가의 눈 홀려 깡그리 빼내어
지금은 잡돌만 깔고 앉은 빈 강이다

충주 다목적 댐이 들며 팔경 절반이
아, 영원히 물 속에 잠겼다
삼국 시대 중원문화 유산,
백제의 진귀한 유적들을 한 입에 삼켜
빛을 보지 못한 채 수장되고 마는
비운의 사적
강바닥에 미라처럼 누워 있다
태고에서 현대를 내리비치는 빛은
연륜을 뚫고 숱한 가시밭 역사의 길 밟아
오늘의 빈 허공에 허망히 내려앉고 있다

3

강줄기 따라 외침 내환으로 성벽 쌓여지고

격전 치룬 전적지에는
팔 다리 잘린 유령들이 무덤조차 찾지 못한
그 혼의 넋들이 녹슬지 않고 널렸다

단양군 남한강 절벽 이룬 성산에
구들장 같은 점판암 서로 엇물려 포개
수직으로 쌓아 올린 성산고성
허공 높이 걸린 것이 경주의 분황사 석탑 같다
예가 온달이 최후 마친 아차산성 아닌가

남문 꼭대기에 오르면 장엄한 신선봉이
흰 구름 자락에 감겨 날을 듯 흔들리고
신선봉 좌우로는 문필봉 형제봉,
북쪽 산 아래 유유히 한강은 오늘도 흐른다

　　4

물 속에 잠긴 단양 하방리 성산 위의 옛 성터
그 안에 진흥왕 적성비가 비를 피해 있다
적성산성은 남서로 길게 뻗은 반월성
성 위에 올라 낭떠러지 아래 영춘 온달성 밑돌아
향산사터 덕천사터 도담삼봉 거친
남한강이 서로 꺾여 흐르고
동쪽 성 아래 죽령천이
단양을 꿰뚫고 북으로 굽이치며
하진나루 못 미쳐 남한강으로 합류한다

충주 남한강, 속리산 산골서 내리는

달래강이 만나는 곳은 평온한 흐름
사연도 없는 듯하나 임진왜란 때
신립 장군의 손이
왜적의 멱을 비틀어 뽑는 배수진이었다

죽은 장졸의 원귀를 꿈 속에 만나
울분의 사연 적은
윤계선의 '달천몽유록'이 강 속에 살아 읊조리며
병자호란의 지을 수 없는 치욕의 현장이다

합수나루에서 달래강 끼고 올라간 달천읍은
임경업이 자라고
병자호란에 외적 막다 간
눈 감은 충렬사는 독기 뿜고 있다

푸른 벽 낭떠러지 햇살로 황금빛 빛나는
소나무 참나무 우거진 아래
양진 나루터 굽어 보이는데
예가 악성 우륵이 가야금 탄 탄금대다

월락탄에 가야금 뜯는 애절한 음률에 취해
해 지는 줄 모르면서 달빛 훑어
탄금대에 생을 닫으니
대문산 아랫개를 가야금 쉰 금휴포라 한 것인가

'금휴포 어귀에 외로운 돛 배 멀고
월락탄 머리엔 흰 물결 잔잔하구나'
한숭선의 읊조리는 가락

신립과 종사관 군졸들이
훈장도 없이 싸우다 강물에 몸 던진
순국한 시체의 강,
우륵이 제 먼저 알고 애닯은 조곡 뜯어
강물에 띄웠나 보다

　　5

여주의 나지막한 봉미산
산의 꼬리 남한강 강가에 뻗어 벼랑 이룬
남쪽 기슭의 신륵사,
깊은 산골짜기에 서야 할 절이
넓은 들 등지고
맑고 푸른 강물 앞가슴에 안아
옛 현릉의 왕사인 나옹, 목은 이색이
예 와 놀은 유명한 절로 꼽히더니
세종의 능을 여주로 옮긴 후로
신륵사를 영릉의 조포사로 삼은 보은사다

지공대사 무학대사 모신 신륵사 조사당
다층전탑 다층석탑 보제존자석종 석등
보물 늘어서 있고
삼국문화 공존하며 퍼진 중원
남한강 신라의 칠층석탑 우뚝 서 있다

　　6

한강 가운데 두고 백제 고구려 터 뺏기하던 광나루,

강원 충청의 뗏목들이
건너편 하참에 밤 지새우고
만해 한용운의 시처럼
'술 신고 계집 신고 돛 가득히 바람 신고
물 거슬러 노질하며'
뚝섬 용산 마포로 저어 간다

광나루 밀어 두고도
아차산성 풍납토성 몽촌토성
고풍스런 사적들의 허허로운 자취,
포로 로마노 폐허 시저 궁의
기둥 하나의 빛나는 대리석 조각들이
기원 전부터 풍상 겪고도 당대의 숨결 고르는데
몇 백년 전의 토성은 토성으로서의 운명 끝냈는지
빈 터의 땅 속에 잿빛 신음만 강바람 타고
전설의 애기꽃 피운다

7

한강 남의 백제 도읍을 긴 혀끝으로 핥아 낸
광개토대왕,
신라 무열왕이
삼국통일 이백육십 여년
강 건너 풍납토성(바람드리성) 끼고
삼국이 서로 안으려던 아차산성,
사람 말 시체들 널린 드넓은 산 들
천하를 한 손에 쥐고서도
천오백년 전 제왕의 몸 썩어 없어진

남긴 것은 화려한 그의 왕관뿐이다

　　8

'술 두루미 옮겨 몽산머리에 날 듯 올라가
눈을 동쪽 봉우리로 돌려 새달 뜨기 기다리려니
새달이 넘실넘실 구름 끝으로 내미네
얼음 같은 수레 둥글고 금빛 물결 무늬 일렁일렁
삽시간에 하늘 한가운데 두둥실 걸려 있어
구주 사해, 온 천지가 밤을 비치네'의
몽촌토성 서편의 망월봉은
조은홀과 서거정이 달맞이 시 읊은
숱한 사연 뿌린 곳이다

살곶이벌은 동에서 흐르는 한강이 둘러 서로 빠지고
북은 중랑천이 서에서 한강과 합친 한가운데
모래 흙 쌓인 기름진 초원
풀 벼가 사람 키 넘는
조선조부터 말먹이 목장, 사열장
지금도 경마장 놀이터다

'오교의 그 의장 장할시고 삼군 호령 따라 잘도 가네
동문에 징 북 소리 울려 퍼지니 일만 기병 무기 번득인다
금갑옷 햇빛에 눈 부시고 그림 깃발 바람 일어 펄럭이네'의
교련장 이름 떨친 사열 모습이
양촌 권근의 시에서 번개친다

　　9

‘하늘에 닿은 먼 산은 푸르기 그린 눈썹 같고
비 내린 뒤 꽃풀은 푸른 요를 깔았네’의
양성지의 시처럼 날을 듯한 화양정,
뒷날의 단종이 노산군으로 벼슬 깎여
영월로 귀양길 오를 때
그래도 핏줄 꿈틀댔는지
세조의 내시가 화양정까지 전송나온다

‘달 밝은 밤 뻐꾸기 우네
근심어리어 다락머리에 기대어 자니
너 슬피 마구 우니 내 듣기 괴롭구나
너 소리 없고 내 근심 없노라
일러 아뢰어라, 이 세상 괴로운 이에게’의
애끓는 단가 읊조리며 캄캄한 나날 삼키며
청령포에서 자결한 노산군

백성들 슬퍼 원귀나마 돌아오길 비는 마음
화양정을 회행정으로 가신 임 기린다
훗날 임오군란, 변복하여
창덕궁 뒷문 빠져 충주로 화 피하러
화양정서 쉬었던 민비, 뒷날 환궁케 되니
회행정의 그 이름 맞아 떨어진다

용의 허리 껴안고
두 뿔 움켜쥐려는 피부름
달과 해의 왕통은 그때나 이제나
한 물결 타고 내려 왔다

10

화양정 성덕정의 빼어난 낙천정,
남으로 감아 흐르는 한강 거슬러
동에는 삼국 시대의 군사 요충지던
아차산의 장한산이 눈 앞에
강 건너 동남으로 관악산, 서는 남산,
북은 북한산의 백운대 만경대 인수봉,
삼봉 도봉의 영적인 멧부리 하얗게 가즈런하다

아래는 짙푸른 한강물
잠실도 저자도의 크고 작은 섬들 띄엄띄엄
멀리는 남한산 관악산 연봉
북으로 도봉산 수락산이 구름 안개에 말린
한 폭의 동양화다

절승 명승의 눈앞 막는 고층 아파트,
경기장 무거운 시멘트 그늘이
원근의 명승을 무승으로 치는 장막
파란 하늘 푸른 강은
부재의 시간으로 흐른다

태종이 말년 보낸
세종의 효도 꽃 피우던 낙천정,
분탕질 일삼는 왜구의 노략질 버릇 고치려
대마도 토벌 의결하고
개선의 축배 치켜 든 자리,

강바닥에 누운 태종의 흰 머리칼
다락 받친 기둥 부리 한 조각도
지금은 흔적 없이 밀어붙여졌다

    11

낙천정에 있는 태종,
세종이 자주 드나들어 놓여진 살곶이다리
그 다리 옆에 전관원 있고
서울의 동에 보제원, 북에 홍제원, 서에 이태원의 네 원이
고려 때부터 중이 지키며
해 저물면 길손 묵고
병 나면 약 베푸는 복지에 한 힘을 쏟는다

    12

동잠실 강 건너 남쪽 갯가의 삼밭개
삼밭나루 북 동잠실 섬 사이 흐르던
강줄기 가운데 토막 끊기고
잠실이 강남의 뭍이 된 지도 어젯일,
자연 쪼개고 문질러 개벽시켜
아파트 종합경기장이 북풍 맞으며
뼈다귀처럼 삭막하니 서 있더니

북 소리 젊은 하늘 가른다
위대한 미래의 탄생
하늘의 신기 떠받는 땅과 강의 기쁨이여
자욱한 물안개 헤치며

구름 위 짙푸른 하늘 오르는 용고의 강상제
용고와 북의 대합주는 하늘 땅 두드리는
한민족의 맥박이다

세계의 다섯 바다로 이어지는 한강물에
목마른 그리스 신들이 목 추기는
태양의 아들 딸
오십억 인류의 불이 타오른다 훨훨
민족의 젖줄

밀양북 진도북 반고
북치는 고수들이 터씻음굿 벌리며
잠실벌에서 뭍으로 대취타 가락에 실려
펄럭이는 오륜 깃발
백육십 나라들 벽 넘어
인종의 벽, 이념의 벽
나를 가로 막는 경계의 벽을 헌다

하늘 땅이 하나로 뭉친
빨강 노랑 파랑의 삼태극 깃발 출렁이는
오륜경기장, 성화의 불꽃
하얀 비둘기 떼들
화관무의 춤사위에 어우러진다

고와 고의 부딪치는 힘
고싸움은 고놀이
화합의 뜨거운 포옹 조이며
지구촌 검은 손 흰 손의 불 붙는 열감,

삼색 깃발 화합의 씨앗 씨앗 나누어 세계로 흩어지는
오륜 휘장의 가슴, 가슴들
그러나 강과 하늘
어느 한 곳에 비어 있는 우리의 얼굴
그 환한 빛은 보이질 않는다

13

병자호란 저믄 하늘
만백성 통곡 소리
우리 임금
청태종 앞 무릎 끓은
치욕의 청태종 공덕비는
삼밭나루벌 어둠 속 되통맞게 섰는데
강압에 비틀려 비 세워
'한의 비' 맞으며 울분 토한다

'대낮의 들판엔 곡성만 들리고
꿈에도 되놈 병정 피해 다니네'의
백곡 김득신의 한숨은 들풀 뉘우고
숙종 때 초제 오상겸은
'삼개의 되놈 글 저 비석
외롭던 성 풀어짐 생각케 하네
천승의 나라라지만 호반 한 사람 안 보이네
장수들에겐 줏대도 없이 문장에만 시비들
조정에선 옛 길을 헤매일 뿐
저 강 사람들은 어디로 가려는가'로
울컥이는 속 털어 비아냥거린다

14

병자호란 때 청군이 진 친
진터벌의 돌마리,
예의 오봉산은 육이오, 구이팔 수복 때
미군이 블도져로 강 메워 흔적 흐려졌고
돌무더기 다섯 산 봉우리처럼 나란히
땅 파면 위는 돌, 밑에는 진흙으로
백제 초기 적석총, 토광묘의 무덤들 아닌가

15

앞 트인 남쪽 아래 짙푸른
한강 조용히 흐르는 동쪽 상류의 저자도
강 건너 서쪽엔 압구정,
동으로 봉은사, 뒷산인 수도산이 한눈에 들어온다

멀리 동에는 남한산
남에는 청계산 우뚝 솟아
용산의 남호, 마포의 서호와 동호라 한다

'강 따라 경치도 좋은데
가는 곳마다 누각 정자이네
누가 있어 오라가라 내 노는 일을 막는 거나
그 옛날 많은 사람들 천금 비용을 아끼지 않았는데
청풍명월이 해마다 낚시 배에 가득하다네'
옥봉 백광훈의 '동호즉사' 한 구절로 드러낸
동호의 멋들어짐

한강 북 강 언덕 두뭇개,
이마 맞닿을 듯 건너 뵈는
높드런 권신 세도가의 노후 달랠
압구정의 화려함이여
빼어난 자리 골라 백척의 높은
누대 위 흰 구름 한가롭다

단종 몰아내는 데 앞장서 벼슬 높이고
세조 부추켜 영의정,
사육신의 단종 복귀 꺾는 데 핏발 쏟더니
갑자사화 연산군 윤비 폐사에 걸려들어
죽어서도 무덤 파내 또 시체 토막 낸다

갈매기 물차고 하늘 뜨는
압구정의 영화 뜬 구름
현세의 그 인물들
아방궁 차려 놓고 간 마음 어쩔 건가
세도가 면전에 바친
신숙주의 압구정 시는
아방궁 짓는 아첨꾼 머리 위에
한들한들 검은 바람 춤춘다

'높은 벼슬 우연히 온 것 기약한 일 아닌 것이
세월 흘러만 가고 머물지 않는다
한평생 맑은 운치 임천에 붙이려고
높은 정자 새로 지어 강가에 서 있다
마음 알아주는 흰 갈매기뿐
날고 울며 서로 따라 한가롭구나

옥 패물 버리고 난초 지초 꿰어 차니
강 위 잔잔한 물결 제멋대로 출렁인다
공 이루고 이름 날려 변화함이 싫어져서
아침 저녁 그윽한 생각으로 강가를 거닌다'

권력의 허리 쥐어틀고 뒤흔드는
한명회의 주름진 얼굴,
이름만 좋은 압구정 지어 놓고
'세 번 찾아 부탁하는 임금의 은총 깊고
정자 있으나 와 놀 길이 없다네
가슴 가운데 공명심만 없다면'의
권력에서 손 뗄 염치없음 풍자한
최경지의 시가 시퍼렇게 웃는다

세월 가고 강물 흐르고
왕관 바뀌면서 압구정도 변하니
'승상이 한가한 곳 차지해 새 별장 마련한 곳이
중국에도 알려진 좋은 경치 옛날의 명루라네
비단 발 높이 걷으니 삼산이 저기이고…
황량한 언덕에 말 매고 혼자 서성이는데
부원군의 이름난 정자가 잡풀 속에 들어 있다
강갈매기는 지금도 훨훨 날아드는데
두견새 울음소리 옛부터 사람의 애 끓는다네
날 저무니 연기와 물결 끝 간 데 없는 것이
육신 사당 아랜 더욱 아득하구나'로
몽천 박봉의, 이상수의 압구정 시 또한 달라진다
남겨 놓고 가서들 보고
새겨 보고 다짐할 압구정은

강갈매기 부리에 온데 간데 떠갔구나

  16

조선 왕조 한양 옮겨
한강변 두뭇개에
동빙고 서빙고 만들어
동빙고 얼음은 종묘, 사직단 제사에
서빙고 얼음은 궁궐, 백관에 나뉘어져
여름 한 철 시원 한 철
우리네 슬기 사해에 뻗친다

두뭇개 뒷산엔 독서당이
용산에 먼저 서 있더니
임란에 불탄 빈 터에선
율곡 이이의 '동호문답' 들린다

  17

성 안을 서에서 동으로 흐르는 개천(청계천)이
양주에서 오는 중강천과 어우러
서남으로 꺾여 한강으로
남으로 흘러오는 한강 본류 사이에 생긴 저자도는
큰 화폭에 용 한 마리 그려 놓고
도사인 도류들 용왕경 소리 높여 외워
가물어 땅바닥에 주저앉아
하늘 보고 땅 보던 농부의 한숨 달래는
기우제 지낸 터전이다

'동호의 좋은 경개 사람들 다 아는데
저자도 앞머리가 다시 더 절기하네
모래 따사롭고 풀 연하니 원앙새 한 쌍 졸고 있고
가늘은 물결 바람 잔잔하니 돛대 하나 천천히 움직인다'의
저자도 풍경 노래한 심수경의 시,
저자도의 흙 자갈마저 퍼내
압구정 아파트촌에 모두 써 버려
저자도 바닥까지 물 속에 잠긴 텅 빈 강이다
어둠이 강물 퍼 올릴 때면
아파트 창문마다 내비치는 현란스런 빛들
눈먼 문명의 틈으로 새어
강물에 앉아 어지러히 흔들거린다

18

한강 물가 남산의 뿌리 닿은 등성이에
우뚝 선 제천정,
옥양목 도포 자락 펄럭이며
구름 떼처럼 선비 모여들어
산 내음 푸르른 숲 날으는 날새
강물에 어른어른 취해
붓을 꼬나 싯줄 읊는다

'한강에 엷은 안개 끼어 쪽빛보다 푸른데
화선의 뱃놀이 자못 운치 있구나
호시절 아름다운 경치 즐기니
산수가 강남에 못지 않네
나루 어귀에 갈매기 나는데

시가 붓 끝에 들어오니 술이 반쯤 취한다
가없는 갈대숲 속으로 배 저어 가니
푸른 산 아지랑이 몸에 스미누나'의
진감의 한 수의 시는
아물아물 그 때를 떠올린
한 폭의 수채화다

인조 턱 밑에 난 일으켜
한성 범한 이괄,
임금은 종묘 사직단 신주 받들고
왕대비 거느려 공주로 피난길 갈 때
제천정 불사른 불빛으로
강 밝혀 한강을 건넌다

임금의 용포 자락 뿌리치고
고향 돌아가는 퇴계 이황,
장안 텅 비어 두고
중신 유생 한강까지 따라 나와
발길이 붙어 사흘을 제천정에 묵는다

'나라 기둥 한양 떠나는 날
성안 사람들 비바람 이네
작별하는 심정 봄풀 같아
강남 땅 곳곳마다 새롭고녀'
퇴계를 전송한 송강 정철,
못내 아쉬운 눈물 뿌리며 제천정 돌아와
'광나루 위까지 뒤쫓아 갔건만
신선 타신 배 이미 멀고 아득하구나

봄바람 임 생각 끝이 없어라
해질녘 나 홀로 정자에 오르네'의
한 수의 시 다시 읊는데
남개천내 건너 '작은 한강'의 제천정 모습
감춘 지 그 언제인가

　　19

기쁨 슬픔의 강물은 말없이 흐른다
자선 겸허 정열 희망이 넉넉하니
여유 인내의 강물은
지난 역사의 애환
한 점 놓치지 않고 몸소 안고 흐른다

서빙고강 건너 동재기나루,
발 아래 검푸른 한강물 흐르고
강 건너 남산, 뒤로 북악 인왕 북한 도봉이
한눈에 잡히는
순국 영령 잠든 국립묘지,
넋 잠재우는 물소리 숨 죽여 흐른다

　　20

한강 따라 서남을 감싸는 북악의 오른팔이
인왕산 모악 아현 만리현 효창원으로 뻗어 내려
한강변에 와 고개 쳐들다 갑자기 한강에 쓰러진,
끝머리에서 쳐든 고개 용머리 같아 붙여진
용두봉, 용산

두 밤낮 걸려 개성서 와 휴양한 임금 말고도
늙어서 꼭 예 와 살려던
고려 시인 이인로,
소나무 사이 저 작은 집에
꼭 하룻밤 자지 못해 한스럽다던
목은 이색의 아쉬움이
강물에 젖어 절벽 아래 흐르는 용산강,
서으로 여의도 밤섬이 점점이 떠 있다

'두 물 줄기 질펀히 흘러 갈라진 제비 꼬리 같고
세 봉우리 산 아득히 서니 자라 머리에 탔네
다른 날 만약에 비둘기 단장 모신다면
함께 저 푸른 물결 찾아 백구를 벗하리'의 이숭인의 시처럼
물 있고 산 있어
물 너머 저 멀리 관악산 청계산이
병풍같이 둘러쳐 보이는 것은
산이 산, 물이 물이다

　21

십리 길 긴 호수
희고 붉은 연꽃 향그런 내음 뿌려
왕실, 문사들 연꽃 감상이
하루 해 가는 줄 모르는 용산강,
조선 왕조 오백년 도성의 항구
북한강 따라 물살 따라
한 자리에 모아지는 종착지다

왜적이 배로 들어 용산맥 타고 북악,
남산맥 타고 남산 훑고
숭례문에서 복판 뚫으면 무너진다는 도성,
천도하면서 예에 둔전 가꾸어 먹으며
강구 지키는 둔병들,
둔병들이 모시던 무후묘의 신당엔
공명 관우 김유신 조장군 장장군이
지금도 숨 쉬고 있다

군량미 모으던 불타 버린 군자감
용산창 병열창 만리창 신창의 군량창이
손잡고 모인 군사 요충지,
둔지산에 군량 지키던 임란 때의 왜구들
명과의 연합군이 한양 되칠 때
특공대 넣어 군량미 태워 적 이긴 일

청일, 노일 싸움 때 일본군 사령부
을사조약 이래 왜군 주둔 사령부
광복 후 미군 사령부
임진왜란 때 명, 왜가 강화 담판 벌이던
어둡고 답답한 용산(용호)강이여

22

프랑스 선교사 천주교인들
순교 처형 내려진 용산 강변 새남터
새 바람 탄 서구문명 몰려
외국인에게 몸 푼 용산항,

일본 미국 독일 배 깃발 살랑살랑
용산강 물결 주름잡고
고종 때 첫 증기선 용산 삼호호
인천 용산 사이 통통 물살 헤친다

목덜미를 덧니빨에 물려
상처난 자국 열기 돋치고
강변 모래톱 무너지며 숨통 조여
가쁜 숨 헐떡이는 한강이여

'북 소리 둥둥 갯가에 들려오더니
새벽 돛단배 동쪽으로 나아가
바람에 날리는 깃발 어느새 보이지 않는데
새남터 푸른 나무숲 다 지났네'의
다산 정약용의 시 '하일용산'

23

어물 인삼 지방 산물 짐 푸는 노들강엔
사육신묘가 한강 안고 있다
단종의 국새 앗은 수양이
임금 자리에 오르는 날
만좌 가운데 목 놓아 통곡하는 성삼문
곡소리 솔바람 타고
도성 안 퍼져 간다

'북 소리 둥둥 내 목숨 재촉하네
해는 뉘엇뉘엇 서산에 지고

황천 가는 길엔 여인숙도 없다는데
나는 오늘밤 뉘 집에서 자고 가나'

일편단심은 하찮은 목숨
박팽년 이개 하위지 유성원 유응부 시신은
흉흉한 인심 바람 살 트여 매장 겨를 없었다
생육신의 김시습이 밤중 몰래 들어 묻었으나
제대로 시신 챙겨졌는지
한강 끼고 누운 충열의 눈빛들
강물 따라 살아 빛난다

24

우뚝 솟은 북의 삼각산에 봉 훨훨 날고
동에 어우러진 한강은 용 꿈틀거려
이름한 용양봉자정,
효행의 화산 행차 때 배다리로 강 건너
한을 들이는 사모의 자리,
정조는 정자에 올라 옷깃 잡아 시 읊어
원통한 사도세자 죽음 강물에 달랜다

'화산 가는 큰 길 따라 강남에 머무니
위에 이름난 주정 있어 거울 같은 물 위에 감겼다
만 쌍 큰 배는 자색의 육지 이루고
십주의 신령한 새는 푸른 산 아지랑이에 어른거린다
깃발은 밤안개에 젖어 돛대와 함께 기울고
무지개는 맑은 강물 빨아올려 북소리 진하게 한다
누정의 멀고 가까운 경치 천천히 바라보고

앞서 가는 군사들 다시 길 떠나게 한다'

　25

서해와 뱃길 이어진 마포강
삼남의 곡물 새우젓 젓갈류 소금배
법석 떨어 진한 냄새 피우던 나루,
염전머리꼴 용강동 옹리의 옹기 가마
장작불 연기 그칠 새 없다

세종의 셋째 안평대군
마포 언덕 후수 위에 담담정 지어
만권의 서책 쌓아 문사 불러 밤새껏 등불 밝히고
달빛 따라 뱃놀이
십이경시 짓고 사십팔음 읊어 풍류 즐긴다

안평이 꿈 속에 본 아름다움
당대의 화가 안견의 손 빌려
'몽유도원경' 펼친 담담정,
양평대군의 별장인 영복정,
영파정 만휴정 사파정 창랑정 소동루
유유정 청운정 수일정 약수정 호인정
풍벽정 유안정 팔관정
이름만 남은 정자 누각은
역사의 수렁 깊이 갇혀 갔다

　26

베옷 짚신 삿갓 쓴 기인이여
벌거숭이 찬 겨울 바람
쪽배에 바가지 매어 세 번 제주에 오가며
여색 저으고 효도 우애 뛰어나
토정 비결지어 청민의 뜻 품던
토정 이지함의 움막집 문은 늘 열려 있다

  27

와우산 동북 서남으로 길게 자리한
소가 꿇어앉은 모습 와우산이라는데
예에 광흥창, 관리 먹일 봉록미 산더미처럼 쌓여
'조운은 천리 길 통하고
누선은 만척이나 겹겹이 대어 있네
긴 강 물결 넓어 물가 감싸는데
조수 들어오니 많은 돛 내리네
저 창고의 썩은 쌀 보았는가
정사 잘 다스림 식량 넉넉함이라네'의
정도전의 환한 웃음 웃음 터진다

광흥창 근처 고려 공민왕 신당
죽어도 눈 못 감는
노국 공주의 화사한 웃음,
최영 장군, 왕자 공주 옹주의 화상이
시월 초하루면 제사밥 받는다

육이오로 임진강 한강이 합류하는
물 위에 휴전선 쳐지며

분단의 참상 쪼는 물새들의 부리,
서해에서 마포강 이어진 뱃길 끊기는
뼈저린 회한의 대치 계속되는
아, 동족상잔의 끝 모를 비극이여

28

서호, 밤섬과 운치 다채로운 낭만의 섬 여의도
탈 바꾸어 쓴 아파트 육삼 고층 빌딩
밤이면 오색 빛깔 한강에 떠 흔들리는
문명의 빛줄기 헝클어 놓은 고전의 정취
폭파한 밤섬 넋은 하늘 중턱에서
늘 비에 젖어 흐느낀다

마음만 맞으면 사촌 오촌끼리 시집 장가들고
따로 혼처 구할 것 없이 홀아비 과부 동거해도
수치로 여기지 않은
뽕밭 약초밭으로 이름난 밤섬

강물로 싸여 이웃한 마을 없어
깊고 얕은 강물 건너 섬 드나들 때마다
남녀 끼고 부둥켜안은 음란함이
누구에 눈에 띄지 않는다는 명종실록,
오늘의 유람선 선착장 주차장
한밤중의 퇴폐는
밤섬의 길고 긴
소리 없는 전설의 유물인가

29

한강변 망원동의 효령대군 별장 희우정
뒷날 월산대군이 망원정으로 이름 고치고
연산군이 늘리고 넓혀 유연장 삼아
그때도 초가 함부로 헐어 원성 하늘 찔렀다
춘정 변계량의 시는
희우정 정취 붓 한 끝으로 맺어 버린다

'북한산이 뒤에서 굽어보고 한강이 앞에서 흐르며
서남의 산들은 막막 아득하여 구름 하늘 연기가
물 밖으로 저 멀리 보일 듯 말듯하다

굽어보면 고기 새우 역력히 셀 수 있는데
바람 실은 돛 모래 위의 새들 정자 아래 오가는데
천여 그루 소나무 푸르고 울창하여 술상 위에 어른거린다

여기에 풍악 소리 요란하고 맑은 바람 시원히 불어
황홀한 중 날개 돋아 푸른 하늘 오르는 것 같고
마음이 자유스러워 바람타고 신선 세계에 노는 것 같아
눈이 아찔하고 머리털마저 곤두서는 듯하다'

희우정에 오르면
안산 아래 연희벌 펼쳐 있고
절경 이루어 낸 강 건너 선유봉이
밀고 깎이고 헐어
김포 공항 길 옆 둔갑한 인공 폭포,
시 한 수 쓰고 읊고

술 한 잔 들고 보던 옛 멋
어디로 떠난 꺾인 빗줄기인가
가늘은 숨길마저 끊기려 한다

　　30

대원군의 병인박해,
만 여의 혓바닥 피 뿌려
알알이 모래알에 배인
새남터의 천주교 순교 성역화한
깎아지른 절벽 절두산 그 아래
눈 감고 머리 풀은 한강,
절두산 서쪽 떨어진 강둑 양화도
장대 높이 달아 목 베이고
사지 잘린 김옥균의 혓바닥 강바람 맞고 있다

　　31

김포 땅 굽어보이는 덕양산,
한강 남은 깎아지른 낭떠러지 석벽
넓은 들, 늪으로 둘린 삼면
임진왜란 때 삼대첩지로 꼽히는
물가에 높이 솟은 독산 행주산성,
충장공 권율 사당 충장사의 기왓장 이끼 푸르르다
강을 내려보면 동으로 진감정 덕양정,
더양정 위 선조 세우고 한석봉이 음기 쓴
대리석 대첩비가 비각 안에
충의정이 흰 구름 감겨 있다

덕양산 상상봉은 전승봉, 사방 밑 둘러보면
강 건너 저 멀리 김포 평야
북으로 문산 행주벌이 한눈에 들며
동북으로 서울 둘러싼 영봉들이 뚜렷하다
도도히 흐르는 한강물 산성 남으로 굽이쳐
강화까지 비치는 듯
산성 동북 깎아지른 절벽 얕으막한 등성이가
강변 따라 서북으로 뻗어 삼국 때의 성터로
모진 비바람에 늙고 있다

32

한강에 농업 공업 혁명이 일고
마을 도시 터잡으면서 뚫고 넓히고
사람 사람은 늘기만 해
자연은 부서지고 헐어진 해골이다

산 숲은 무너지고 뽑히며
강 냇물의 생태계 깨뜨고
산림이 물 떠나며 홍수와 가뭄
한강은 폐를 앓는다

집집마다 흘려내는 썩은 물
공장마다 쏟아 붓는 산업 폐수
가축우리 분뇨, 논밭에 뿌려진 농약
강물은 썩으며 숨이 차다
테임즈강도 한때 웨스트민스터와 월터루 다리 밑
강바닥이 오염돼

시궁창의 강, 죽음의 강이어었지만
담수어 도투락 조개 서식했던
한강변 모래 바닥에 들어선 잔디밭 유기장,
야생 조류 먹이와 얕은 물, 갈대 자갈 모래
풀밭 관목 지대 개펄 바위
번식처 휴식처 피난처는
검은 안개밭 저 멀리 사라져 오염되고 헐어
강은 죽어서 어디를 가는가

씨알 굵은 것들 물렸던
새남터 미누리 마포 서강 등재기 점말,
샛강 공암진 새투리 오목내 나루터
그것들로 횟감 차리는 객주집은
먼 기억의 뒤안길로 사라졌다

썩는 내음 날새 몰아내는 난지도는
야유장 골프장으로
서울, 서울은 서울로 밖에 자랑할
빈 털털이다

33

옛적의 한강 오르내리는 백석 돛배,
사람 화물 가득 싣고 물 젓는
애환의 크낙한 돛폭 물결,
뚝섬나루에 내리면 여인숙 주인 콧대 높고
노량나루, 배다리 첩지 무서우며
분바른 술집 주모

간 빼 먹는 웃음 널린 마포나루,
서강나루 내리자니 수어청 수탈 겁난다는
거대한 운송선 떠 저었다

'양화도 어귀에서 뱃노래하니
별천지가 바로 예로구나
어찌 신선과 학을 타고 놀아야만 하는가
해 서산마루에 지면서 황금 물결 이루노니
흥이 절로 인다'의
서거정의 시처럼 한강에 뱃놀이 길 있었다
귀한 사신 오면 제천정에 유람선 띄워
노량 마포 서강 양화진 지나
다락 위에 천 명 앉는 희우정께 와 멎는다

배 타고 노닐다 오르면
열폭 병풍 줄줄이 퍼져 있는
한강 십경의 명승, 유서 깊은 정자들
'언덕 위에 물 긷는 것은 강변집 딸이요
꽃울타리 나부끼는 것은 선녀의 속옷이라'
한강 열두 여울 연작시로 펼친 서거정,
한강은 서정의 두루마리
정취의 기운 흠뻑 젖어 흐르는
발가벗은 강이다

갈대숲 새 둥지 헐은 자리
깎은 돌 시멘트 덩어리 빚은 둔치로
우리 손에 다친 자연의 가람
거룻배 돛단배 한 척 없이

유람선 몇 척 엔진 요란한데
한강 십경의 병풍, 서정의 두루마리는커녕
아파트 빌딩 병풍의 삭막한 유람이다

    34

강이 있어 다리가 있는 게 아니라
미라보 다리가 진주 목걸이처럼 걸려
강물이 흐른다는 센 강의 유람선은
줄지은 몇 백 년 묵은 사적들이
코앞에 와 감탄 함성이
센 강물 휘젓는다

태종 세종이 대마도 정벌 모의한
항일사적의 낙천정,
세조 중종 때 수군 열병했던
한강물가 모래사장의 칠덕정,
희우정 같은 무예 숭상한 상무사적과
병자호란 때 무릎 꿇은
치욕의 삼밭나루벌,
명종 때 권세 떨치던 윤형원의 계집 난정이
만 백성 긁어 허리끈 조이는데
수십 섬의 쌀 고기 밥으로 뿌린
당쟁사적인 두뭇개의 유하정은
모두 어디로 꺼졌는가

수양이 쿠데타 음모한
정란사적의 서빙고 언저리 창회정과

세도사적인 압구정,
이지함이 빈민 구하려 수백 석 곡식 쌓았던
제민사적인 토정은
캄캄한 연옥의 강 속으로 들었는가

한강 얼음 떠다 사직의 제사, 더위 나던
동빙고 서빙고,
광나루 뚝섬 등재기 삼개의 옛 나루터,
객주집 화류방 노들강의 무당 마을들은
유람선 어느 편서도 찾을 수 없는
문명의 손길에 앗긴 문화재들
강 위에 바람 신들면서 궂은 비 내린다

35

세종 세조는 한강 건너 온양 온천에
태종의 헌릉, 세종의 수릉이
한강 동남쪽 대모산 기슭에
역대 제왕은 산릉 행차로 한강 건넌다
사도세자 능에 술잔 붓는
효성 지극한 정조도
청계산 사냥, 풍류 즐기러 연산군도 건넌다
모함 받아 옥에 갇힌 이순신 백의종군으로
한강 건너 남해로
당쟁사화로 하루 아침 목 싸들고
귀거래사 읊조리며 귀향길에 오른
충신들, 벼슬아치들 한강 건널 땐
평정 찾아 두 손 모으는 강물

왜구의 게다짝, 오랑캐의 때 낀 발굽,
구미 제국의 노린내 피는 발바닥도
한강물에 씻었으며
동족 가슴에 총부리 들이댄 구둣발도
한강 휘저었다

한강의 새벽 깨우며 군화 저벅저벅
민주의 꽃 즈려 다리 건너는
수도 없는 겁탈 수난을
한강은 몸서리치며 겪었다

골반 뼈개지고 질 속 너덜너덜 헤어졌다
항문조차 찢겨지며
오랑캐의 독사 혓바닥에 처녀성 잃었지만
고결한 정신의 순결만은
지금도 미래도 정결히 흐른다

36

크고 작은 배 줄 묶은 한강 배다리는
용산 노량진 잇는 인도교 자리에
배 팔십 척을 징발, 짓는 데 스무 날 걸려
배 띄워 풀칠하는 강사람들
민원의 배다리 원가는 갈대숲 흔들었다

'강원도 뗏목 장수 뗏목 빼앗기고 울며 가며
전라도 알곡 장수 통배 빼앗기고 울고 가면

마포 객주 발 뻗고 울고
노나루 색주가 머리 잘라 판다'

패인의 하나로 나약한 한강 다리 원망한
청일전쟁의 패장 좌보귀,
다리 없어 한성 치는 데 윗길 돌아
이삼일씩 늦는다고 불평한 왜장들

외세 침략에 저항 음독 자결한
개화기의 이병준은
단단한 다리 한강에 있었던들
조선 땅은 외침에 찢겨 발려
아예 남지도 않았으리란
겁탈당한 허술한 한강 다리

광진교엔 광진교와 천호대교
삼전도엔 잠실대교, 뚝섬엔 영동대교
두뭇포엔 동호대교, 입석포엔 성수대교
한강도엔 한남대교……
나루는 시멘트 다리로 염해 엮어 놓듯
열기설기 지른 아래로
불의 한강은
오늘도 온갖 문명의 폐수 안고 흐른다

37

동적인 물 쏟아내는 만폭동
정적인 물 흘려내는 우통수 두 줄기 물이

한 몸 되어 강 이루면서
숱한 애환의 오천 년 민족사와 숨결 같이 한
한강이여

기쁨보다 단장의 애끓는
슬픔의 강으로 더 기억이 아픈 한강은
물고기 품고 나는 새 키우며
한민족의 맥 같이 해 도도히 흐른다

때로 기뻐 날뛰며 수심 드러내 비상도
때론 골돌하느라 답답한 어둠 속에 정지하기도
때론 일어나 목이 터져라 젖가슴 뜯기도
때론 침묵으로 소용돌이치던 한강은
푸짐한 인내심 덮고 감싸고 안으며 버티는
넓은 도량 베풀기도 한다

을축년 홍수, 숱한 장마 가뭄으로
온몸에 저승꽃 피며 열병 앓을 때도
한강은 흐름 멈추지 않았다
강물 썩어 구역질하면서도
화약 먹은 물고기, 세 떼의 죽음 앞에
애도의 경건함 잃지 않는다

그러나, 그러나 잘린 한강은 슬프다, 외롭구나
어느 세월 돌아와 한 몸의
첫날밤 황촛불 밝혀
떼었던 정 사르며
서로 헤어진 것이 아닌 통한을

밤새워 풀을 거냐
아, 불의 한강은…….

약력

1976. 시문학 천료로 문단에 데뷔.

시집 : 창세에 울린 소리(1976, 동서문화사). 시지포스와 새
(1983, 동서문화사). 장편서사시 불의 한강(1989, 문장). 맨살로
일어서는 바다(1992, 문장). 황무지의 꽃(1996, 문장). 살아 있는
날의 풍경(2000, 문장). 김계덕시작품론(이정기, 2002, 문장). 김
계덕시전집(2006, 동서문화사). 김계덕시연구(2006, 동서문화사)
제14회 시문학상 수상. 제8회 윤동주문학상 본상 수상

1979~1980. 시문학회 회장. 1979~1981. 국제 P.E.N.클럽 한국본
부 감사. 1981~2000. 국제 P.E.N.클럽 한국본부 이사. 1978~
2000. 한국현대시인협회 심의위원. 감사. 이사. 1996~2000. 한국
문인협회 이사. 2002~2004. 한국현대시인협회 부회장. 1990. 제
12차 서울세계시인대회 상임위원

1990. 소련작가동맹 초청 '모스크바 푸시킨 시축제'에 참가, 모스
크바 및 보스코프에서 '푸시킨 문학과 운문의 난이성'에 대해 연
설. 1995. 파키스탄 예술원 초청 '제1회 국제문학인 및 지식인회
의' 참가. 1996. '문학의 해' 기획단(기획집행위원)

1937. 서울 종로 사간동 출생. 1961. 건국대학교 국어국문학과 졸
업. 1976. 대한출판문화협회 이사. 1976. 한국출판협동조합 이사.
계원출판사 발행인.

김계덕시전집

발행일/ 2006. 4. 14

저자 김계덕/ 발행인 고정일/ 발행처 동서문화사

창업 1956. 12. 12. 등록 16-345(윤)

서울 강남구 신사동 540-22 ☎546-0331~6 (FAX)545-0331

www.epascal.co.kr

ISBN 89-497-0339-4 03810

값 18,000원